SPOELGOUD

Tiener-spanningsverhaal

Pieter Saayman

Outeur: Pieter Saayman
Voorbladontwerp: Heleen Malherbe

Geset in Franklin Gothic Book 12pt

Uitgegee en gedruk deur
Malherbe Uitgewers

Hoofstuk 1

Ben Bruwer vee die sweet van sy voorkop af. Dit is stikkend warm in die bedompige kroeg en die antieke dakwaaier slaag ook nie daarin om die warm lug te sirkuleer nie.

Hy sit sy glas bier neer en steek 'n sigaret aan. Hy teug diep en trek die rook in sy longe in. Hy voel redelik depressief vanaand en sug hardop. 'n Groot sluk koue bier kalmeer hom effens en hy bestel nog een terwyl hy die sigaretstompie dooddruk in 'n oorvol asbakkie.

Dinge het nie mooi die afgelope tyd vir hom uitgewerk nie en hy sit sonder werk. Sy spaargeld is ook amper gedaan; uitgemors op drank, dobbel en voertuie.

Ben is 'n man van vele ambagte: helikoptervlieënier, prospekteerder, dobbelaar en mynwerker. Om die waarheid te sê, daar is min dinge in die lewe wat hy nog nie aangepak het nie.

Hy het 'n tweedehandse helikopter bekom en doen af en toe vlugte oor die grens om onwettige goud of diamante vir 'n kliënt te vervoer. Die geld is goed, maar hy wil een groot slag slaan en dan finaal aftree ... of liewer uittree.

Hy moet geld in die hande kry. Iewers moet daar 'n manier wees om gou geld te verdien.

Die kroeg is lawaaierig en rook hang in die lug. Dis laat en die laaste bittereinders klou aan hulle drank. Hy kyk rond. By 'n tafel oorkant hom, sit 'n bejaarde man sy drank en vertroetel. Die man lyk vaagweg bekend.

Ben staan op, stap soontoe, pluk 'n stoel uit en gaan sit oorkant hom. Is hy dalk een van die myners wat in 'n goudmyn vroeër jare saam met hom gewerk het?

Die man kyk op, sy oë is bloedbelope en hy praat met 'n sleeptong: "My wêreld, kyk wat het die kat ingedra, jy's mos Ben Bruwer, nê, gedog jou gevreet lyk bekend?"

Ben loer skepties na die dronkie wat voor hom sit, lig 'n sigaret uit 'n gefrommelde pakkie en steek dit aan. "Ja, ek is Ben, wie wil weet?"

Die man steek sy hand uit. "Koos Venter, ons het jare terug saam gewerk."

"Ek wou sê jy lyk bekend. Wat kan jy my vertel?"

"Ek het iets waarin jy sal belangstel," hy fluister en kyk rond asof iemand hulle dophou.

Die man vroetel in sy baadjiesak en vou 'n verbleikte stuk papier oop op die tafel. Dis 'n handgetekende kaart, oud en verrimpel, die kante krul op en dit is vol watervlekke.

"Hierso, vat dit vir jou, dalk kan dit vir jou geluk bring. Ek het nie meer die lus en krag en geld om my daarmee te bemoei nie."

Wat op aarde is dit? Ben bekyk die geel kaart, draai dit om en bestudeer die handgetekende sketse van berge, riviere, valleie en grot-openinge. Kruise, pyle en notas is orals aangedui.

"Wat is dit die, 'n kaart van wat?" vra Ben nuuskierig.

"Goud, ou maat, goud. Daar's goud in daardie berge." Hy praat sleeptong en loer na Ben met bloedbelope oë.

Ben Is skepties en bekyk die kaart teen die flou dakligte van die kroeg. "Waar kry jy die kaart?"

Die ou myner neem 'n lang sluk van sy bier en sit die glas hard neer op die tafel. "Kry vir my nog 'n dop, dan vertel ek jou."

Ben wink die kelner nader en bestel nog twee biere.

"'n Ou dronk prospekteerder het dit een aand vir my gegee. Hy het teen my verloor met 'n kaartspel en het die kaart vir my gegee. Hy sê sy pa of oupa of iemand, het glo daar in die myn gewerk voordat die ramp gebeur het."

"Watter ramp en watter myn?" Ben frons en probeer dink aan 'n mynramp wat êrens gebeur het.

"Weet nie, die ou het nie uitgebrei nie, dis iewers in daardie berge."

"Waar is die plek dan, daar moet tog iewers 'n aanduiding wees?" vra Ben, sy belangstelling geprikkel. Vir avontuur sien hy altyd kans.

"Hierso." Die man draai die kaart om en wys na 'n aantal syfers en letters in die hoek van die kaart. "Die GPS ligging, bietjie onduidelik. Maar dis byna onmoontlik om die plek te vind. Ek en 'n paar *pêlle* van my het al probeer, maar sonder sukses, die plek is versteek en verberg iewers in die berge. Dê, vat dit, dalk is jy gelukkiger as ek." Hy prop die kaart in Ben se hand.

Ben vou die kaart op en druk dit in sy hempsak. Hy bestel nog 'n bier vir die dronkie en klap hom op sy skouer.

"*Thanks pal*, daar is dalk iets in daardie berge, ek sal dit gaan uitkyk."

Ben is nou geprikkel deur die kaart. Steek daar dalk iets daarin? Is sy geluk dalk besig om te draai? Hierdie is dalk sy uitkoms.

Hy strompel uit, klim in sy bakkie en ry na sy woonstel.

Ben vou die kaart oop op die kombuistafel. Waar sal die plek wees? Hy skryf die GPS ligging neer en skakel sy rekenaar aan. Met behulp van *Google Maps*, stel hy vas waar die bergreeks geleë is.

Hy moet sy broer, Neels, kontak, hulle moet besluit oor 'n plan van aksie.

Hy skakel Neels. "Lus vir 'n bietjie avontuur, ou boet? Ek dink ek het iets beet hierso wat ons kan uitkyk, ons kan dalk ryk word, as die storie eg is."

Neels, Ben se jonger broer, luister aandagtig na die idee wat Ben nou met hom oor die foon deel.

"Hoe geloofwaardig is die kaart, Ben?"

"Jong, dit is hand geteken. Die GPS ligging van die bergreeks word aangedui. Orals is sketse en pyle. Iewers is 'n grot-opening. Ons sal dit moet gaan uit*check*. Ek maak môreoggend 'n draai by jou, dan *check* ons die kaart uit."

Die volgende oggend ry Ben na die kleinhoewe van sy broer, Neels. Hulle sit om 'n tafel en bestudeer die kaart wat Ben op die tafel oopgesprei het.

"Volgens die GPS ligging is dit hierdie bergreeks." Neels tik-tik met 'n pen op die rekenaarskerm. "Dis baie hoog, ruig en 'n onherbergsame gebied."

Hulle kyk na lugfoto's van die bergreeks Dit vertoon geheimsinnig en onheilspellend op die rekenaarskerm voor hulle.

"Daar is geen beskawing naby nie. Daar is wel 'n vakansieoord onder aan die voet van die berg. Die naaste dorp is sowat 20 kilometer verder."

Ben is nou angstig – hy voel aan sy lyf hier is iets veel groter as wat hulle besef.

"Daar is iewers 'n grot-opening in die berge. Dit is die ingang na die goudmyn. Om dit te vind, gaan baie moeilik wees."

"Goed, ons gaan dit aanpak. Wat is ons volgende stap?" vra Neels.

Ben vryf sy ken. "Die nodige toerusting bymekaar kry, tent, kamptoerusting, kos, water, toue, ensovoorts. Ons sal ons moet goed toerus, want ons kan dalk baie lank in die berge wees om die grot-opening te vind."

"Inligting oor 'n moontlike uitgewerkte goudmyn in die area, is ook nêrens te vinde nie."

Neels het alle moontlike webtuistes op internet probeer, maar dit was tevergeefs.

"Ons sal die *chopper* moet vat, dis al hoe ons die gebied sal kan verken," sê Neels.

"Jou *chopper*, dink jy die ou *girl* is nog lugwaardig?"

"Ja, man, sy was 'n maand terug nog in die lug sonder probleme. Ek het so private pakkie vir 'n besigheidsman oor die grens gesmokkel."

Hulle stap buitentoe. Neels trek die swaar skuifdeur van 'n skuur oop en hulle stap binne.

Die swart en wit *Agusta* helikopter is bedek onder 'n seil. Ben pluk die seil af en vee 'n laag stof af van die bakwerk.

"Nee wat, sy is nog reg vir enige *trippie*."

Ben het die helikopter sowat 12 jaar gelede op 'n veiling gekoop, bietjie instandhouding gedoen en het sedertdien vele vlugte daarmee onderneem.

Terug in die huis, begin hulle om die ekspedisie haarfyn te beplan.

Hoofstuk 2

"Wat gaan jy die hele vakansie met jouself aanvang?" Gert se ma staan met haar hande op haar sye en kyk na haar sestienjarige jarige seun wat verdiep is in 'n *Grand Prix* speletjie op TV.

"Wag, Ma, nie nou nie, die speletjie is amper klaar." Gert, sit die kontrolepaneel van die *Playstation* neer en kyk na sy ma wat in die deur staan.

"Ek weet nog nie, Ma. Ek en my vriende en natuurlik, Liesel ook, sal nog bymekaar kom en besluit wat ons gaan doen in die vakansie."

"Goed, dis reg so, my kind, ek wil net nie hê dat jy die hele vakansie voor die TV lê en niks doen nie. Lees tog 'n boek vir 'n verandering en los die ewige TV speletjies uit."

"Ja, dis reg, Ma." Hy skakel die *Playstation* en TV af.

Gert klim op sy fiets en ry by die hek uit. 'n Man wat gemorspos aflewer, druk 'n kleur brosjure in sy hand. Gert steek dit onder sy hemp in en trap na sy vriend, Conrad, se huis.

Hulle lê op Conrad se bed en gesels.

"Wat gaan ons die vakansie doen?" vra Conrad met Gert se aankoms. "Ons kan nie net rondhang nie."

"Presies wat my ma ook wil weet, sy het al klaar vir my gepreek," sê Gert. "Kom ons ry na Rooies en Liesel, dan hoor ons wat hulle in gedagte het."

Die twee vriende spring op hulle fietse en trap na Rooies se ouerhuis en daarna na Liesel, Gert se vriendin.

Liesel sit by die swembad en ontspan toe haar drie vriende daar opdaag.

"Reg, ouens, wat gaan ons die vakansie aanvang, enige idees?" Gert kyk afwagtend na sy drie vriende wat bra verveeld lyk. "Kom, kom, ouens, ek soek idees, ons kan nie heeldag hier by Liesel swem nie en ook nie heeldag voor die TV lê nie"

"Jy klink nou net soos jou ma." Liesel vyl haar naels en blaai ongeërg deur 'n modetydskrif. Rooies is oudergewoonte verdiep in sy tablet en Conrad speel met Liesel se Yorkie.

Liesel staan op, duik met 'n boog deur die lug en swem die lengte van die swembad onderwater. Sy klim uit, skud haar lang, donkerbruin hare en sit langs Gert.

"Dankie vir julle entoesiasme, mense. Wat dink julle hiervan? ek het die pamflet netnou gekry."

Gert trek die opgevoude kaart en kleur brosjure onder sy T-hemp uit en sprei dit oop op die grasperk.

Hulle sit regop. 'n Kaart, staproete, bergklim ...? Hulle belangstelling is duidelik geprikkel en almal skuif nou belangstellend nader.

"Dankie, julle ouens, nou het ek hopelik julle aandag. Kyk 'n bietjie hierna. Die brosjure sê dis 'n uitdagende staproete in die berge vanaf die vakansie oord."

"Is dit die oord hier naby ons dorp?" wil Liesel weet.

"Die einste," lig Gert haar in.

"*Wow*, dit lyk lekker." Liesel en Conrad loer oor Gert se skouer.

'Staproete vir Avontuurlustiges.' Die kleur brosjure vertoon 'n aantal foto's van die berge en omgewing. Gert beduie met sy vinger waar hulle orals gaan stap.

"Dis 'n taai roete, maar ons sal dit kan doen." Liesel glimlag ingenome. "Dit lyk net vreeslik onherbergsaam en kyk net die hoë kranse."

"Ja, nee wat, ons is mos fiks man." Conrad draai die kaart na sy rigting en bekyk dit. "Dit lyk na 'n interessante roete; mens stap al langs die onderpunt van die berg, oor spruite en valleie."

"Sien julle, dit begin by die vakansieoord onder die berg, al langs die vallei, oor die klomp heuwels, vlak riviere en mooi rotsformasies. Die brosjure sê ervare stappers kan dit in so twee tot drie dae doen." Gert bestudeer weer die kaart en kyk afwagtend na sy vriende. "Onthou net, ons gaan nie bergklim nie, dis net 'n staproete, ouens."

"Wat sê jy, Rooies, klink dit te erg vir jou? Dit sal jou in elk geval goed doen om weg te kom van jou rekenaar, selfoon en tablet."

Rooies, of te wel Ryno, is die vierde lid van die groep vriende. Hy het die bynaam Rooies na aanleiding van sy wortelrooi hare en sproetgesig. Hy is nie 'n baie aktiewe en sportiewe mens nie en sy neus is gedurig gebêre in sy tablet of rekenaar. Sy vriende noem hom soms *Walking Encyclopedia*.

"Ja, wat, dis seker maar reg so, dit sal seker nie te moeilik wees nie."

"Jy is natuurlik reg vir die ding, nê Conrad?" Gert klap sy beste vriend van laerskooldae af, op die skouer.

"Doodreg met my, waar daar aksie is, daar is ek; *call me Rambo*," lag Conrad.

"Ek's definitief in," sê Liesel, "moet net eers my ouers vra, maar dit behoort reg te wees met hulle."

Gert vou die kaart op en druk dit onder sy T- hemp. "Julle het elkeen 'n slaapsak, rugsak en opvou tent nog van die skoolkamp van verlede jaar nê?"

"Jaaa," beaam almal gelyktydig.

"Ek dink ons kamp ook so vir 'n week by die oord, daar's baie te doen vir verveelde tieners," skerts Liesel.

"Goed ouens, ons praat vanaand met ons ouers, dan kom ons môreoggend weer hier by Liesel se huis bymekaar."

Hoofstuk 3

"Ons vier dink daaraan om bietjie te gaan stap in die berge. Daar is 'n lekker staproete oor drie dae vanaf die vakansieoord hier naby. Dink Ma dit sal oukei wees?" vra Gert later die middag.

"Julle vier, nê, dis natuurlik Liesel, Conrad en Rooies?"

"Jip, Ma."

"Goed, ek sal vanaand met jou pa praat en hoor wat sê hy daarvan."

Later die aand, tydens aandete, brand Gert van nuuskierigheid. Sy ma en pa swyg soos die graf en gesels oor allerhande onbenullighede.

Sy pa sit sy mes en vurk neer en kyk na Gert. "So, ek hoor by Ma julle klompie wil in die berge gaan stap?"

"Ja, Pa, dit is so twee tot drie dae se staproete al langs die berg by die vakansieoord hier naby."

"Jawat, dit is seker maar reg. Wat sê Liesel se ouers?"

"Sy het my netnou 'n *Whatsapp* gestuur, dis oukei met haar ouers, sy kan maar gaan."

"Goed dan, onthou net, jy is verantwoordelik vir haar veiligheid. Sorg net dat julle selfone gelaai is en hou maar kontak met ons."

"Yes, dankie, Pa, ons sal mooi na haar kyk, Pa!"

Gert stuur boodskappe na sy twee vriende, Conrad en Rooies, en reël dat hulle vier vanaand bymekaar kom by Liesel se huis om dinge te bespreek.

"Wanneer vertrek ons?" vra Conrad later die aand.

"Môreoggend vroeg. My pa sal ons en die bagasie oplaai en by die vakansieoord aflaai."

Gert is opgewonde . "Oukei, elkeen kry sy rugsak en tent reg, nie te swaar inpak nie, 'n paar bottels water, flits, plastiese eetgerei en wat jy ook al wil inpak. My ma sal sorg vir die kos."

"Onthou, elkeen dra sy eie bagasie."

Conrad loer na Liesel en weet dat vroumense altyd baie onnodige bagasie saam piekel.

"Dan is alles afgespreek. Kontroleer net of jy alles het, ons kan nie halfpad omdraai as jy iets vergeet het nie. Sesuur by my huis, sien julle ouens later."

***

Later die aand is elkeen doenig om sy toerusting bymekaar te kry vir die staproete. Liesel besluit om haar nuwe *Nikes* aan te trek vir die staptog, maar sit ook 'n paar ou tekkies in haar rugsak.

Conrad en Gert het al vroeg hulle toerusting gereed gekry vir die avontuur wat voorlê en speel TV-speletjies om die tyd om te kry.

Rooies is nie baie entoesiasties oor die stappery nie en is maar skepties en lugtig vir enige onbekende avontuur. Hy sal eerder by die huis wil bly en voor sy rekenaar sit, maar hy wil egter nie sy maats in die steek laat nie en besluit om maar saam te speel. Hy is van nature bang vir enige onbekende en hy broei met 'n gedagte in sy kop. Later die aand sluip hy na sy pa se studeerkamer. Sy ma slaap lankal en sy pa is op een van sy vele sakereise iewers oorsee.

Hy ken die kombinasie van die kluis se slot, tik die syferkombinasie in, draai die knop en maak die deur oop. Sy hart bons, doen hy die regte ding? Die swart nege millimeter *Parabellum*-pistool glim dof in die lessenaar lampie. Die magasyn is vol en hy druk die wapen onder in sy rugsak en pak die res van sy bagasie bo op. Hy glimlag ingenome en voel nou veiliger met die wapen. Enigiets kan op so 'n uitstappie gebeur en dan is hy gewapen. Niemand hoef te weet van die wapen nie, maar dit gee net-net daardie ekstra tikkie gemoedsrus.

* * *

Vroeg die volgende oggend is die vier vriende gespoor en gestewel. Hulle laai die bagasie in die *Land Cruiser* van Gert se pa en al singend en babbelend vertrek die vier maats na hulle nuwe avontuur in die berge.

Kort voor lank draai hulle in by die vakansie oord. Die bagasie word uitgelaai en Gert se pa wuif vir oulaas na die vier vriende.

Hulle kyk na die hoë berge en kranse wat in die verte reusagtig die blou lug in toorn.

"Reg ouens, is julle reg vir die ding?" vra Gert en raap sy bagasie op.

Die vier raadpleeg gou die roetekaart en begin dadelik die staproete aandurf. 'n Uitgetrapte voetpad kronkel al langs die berg en is nie vermoeiend nie. Die vier vriende geniet die skoon lug, boomryke natuur en interessante rotsformasies. Teen middag span hulle uit onder 'n koelteboom en begin om 'n ete voor te berei.

Liesel skop haar tekkies uit en rus haar voete op 'n omgevalle boomstomp. "Die nuwe tekkies begin my nou skaaf, ek moes eerder my ou tekkies aangetrek het." Sy kyk na die rooi skaafmerke op haar voete.

Gert vryf en masseer sy vriendin se voete. "As jy blase op jou voete kry, gaan jy moeilik verder kan stap. Ek dink jy moet maar jou ou tekkies aantrek." Hy soen haar op die wang en grawe in haar rugsak vir haar ou tekkies.

Kort voor lank is die kole gereed en braai hulle wors om worsbroodjies te maak. Na ete en bietjie rus, pak hulle die tog verder aan. Die voetpad raak nou steiler en hulle beweeg geleidelik al hoër op teen die berg. Teen skemer besluit hulle om uit te span vir die dag en slaan hulle tente op onder 'n oorhangende rots wat 'n natuurlike skuiling bied teen wind en reën.

Dis stikdonker en doodstil. Vlamme van die houtvuur gooi spookagtige skadu's teen die oorhangende kranse en vonke van die gloeiende kole skiet die lug in. Die vier vriende staar in die vuur, elkeen besig met sy eie gedagtes. 'n Mens kan mos ure net so in 'n houtvuur staar en jou gedagtes laat gaan.

Gert en Liesel sit op 'n omgevalle boom, terwyl Conrad in die vuur krap met 'n stuk hout.

"Ons is taamlik hoog, kyk doer onder skyn die ligte van die ruskamp."

"Ja, ek dink môre behoort ons die draaipunt van die roete te bereik, ons het vinniger gestap as wat ek gedink het."

Gert skink nog 'n beker koffie vanuit 'n swartgebrande koffieketel en staar na die hoë kranse wat hoog bokant hulle uittroon. "Ek sal daarvan hou om hoër teen die berg te klim. Maar nou-ja, dis slaaptyd vir ons moeë mense. More is weer 'n lang dag."

Liesel kyk na die maan wat agter die kranse uitklim. "Ek wonder of daar al ooit 'n lewende wese sy voete in daardie berge neergesit het?"

"Wie sal weet," sê Gert.

Hulle kruip in hulle eenmantente en almal is gou in droomland. Die sterrehemel is wit geverf en 'n sekelmaan skuif agter onweerswolke in. Die vuur gloei vir nog 'n paar uur en dan sak die donkerte oor die vallei en die vier tente.

Gert skrik wakker. Wat het hom wakker gemaak? 'n Jakkals of een of ander dier naby die tente? Het hy hom verbeel? Dit was beslis iets wat hom wakker gemaak het. Sy hart klop vinniger. Hy luister fyn, is dit net naggeluide ? Nee, dit was iets anders. Daar's dit weer, duideliker die keer. 'n Dreuning, veraf, wat kan dit wees? Hy lê en luister vir 'n wyle. Die geluid is diep, iewers in die berge, waar sal dit vandaan kom?

Die vuur is lankal uitgebrand en slegs die wind ruis sag deur die bome. "Seker maar gedroom," mompel hy en klim weer terug in sy tent. Hy raak weer aan die slaap.

Rooies slaap onrustig en het heelwat later aan die slaap geraak. Hy hoor ook die geluid en sit regop in sy slaapsak. Sy hart bons onwillekeurig teen sy ribbekas. Instinkmatig druk hy sy hand in die rugsak. Die pistool is koud en gerusstellend. Die dreuning bedaar en hy raak uiteindelik weer aan die slaap.

Conrad is vroeg op en braai eiers terwyl hy koffie inskink vir Gert en Liesel wat vaak-vaak uit hulle tente kruip.

"Ek het gisternag wakker geword van 'n dreuning iewers in die berg," sê Gert en vee slaap uit sy oë.

"Gedreun? Nee, ek was uit soos 'n kers. Dalk 'n rotsskuiwing of rotse wat van die berg afgerol het?" sê-vra Conrad.

"Nee, ek glo nie, dit was definitief 'n dreuning, sê maar meganies." Gert klink selfversekerd en weet dat hy nie gedroom het nie.

Rooies kom na 'n wyle uit sy tent gesluip. "Ek het ook in die nag iets gehoor, klink soos 'n dreuning, maar dit was nie onweer nie."

"Julle het seker gedroom, man, dalk was dit 'n vulkaan wat wil uitbars," skerts Liesel.

"Nee man, hier's nie aktiewe vulkane in Suid-Afrika nie," glimlag Conrad.

Na ontbyt word die tente opgeslaan, die vuur geblus en pak hulle die res van die staproete aan.

Hoofstuk 4

Die son brand ongenadiglik en 'n warm wind waai tussen die berge. By 'n spruit wat onder 'n klomp rotse uitborrel, vind hulle lafenis en rus die res van die middag.

"Kom ouens, ons moet aanstoot. Die son trek water en ons moet 'n geskikte kampplek kry vir die nag. Ons is almal moeg, maar ons kan liewers later *chill*." Gert tel sy rugsak op en strompel verder op teen die bergpad.

Teen skemer bereik hulle die einde van die staproete en slaan tente op onder 'n oorhangende wilger naby 'n spruit.

"So, nou is ons by die staproete se omdraaipunt. Ek het nie lus vir omdraai of om terug te stap nie. Wat sê julle ouens, kom ons wyk af van die pad en volg ons eie roete na die berge daar oorkant."

Liesel stap deur die koel water van die spruit en sit op 'n rots terwyl sy haar lang donkerbruin hare uitkam.

"Dis my meisie daai. Jip, ek stem saam. Ons kyk wat is agter die hoë kranse. Ons kan mos maar omdraai as dit te steil raak. Ons kan in elk geval nie kranse uitklim nie," beaam Gert en kyk na die digte plantasie bome.

"Klink oukei met my. Ons kyk waar ons neuse ons lei." Conrad is opgewonde.

Rooies sug, hy wil omdraai, maar swyg liewer. "Ons kan in elk geval nie bergklim nie, want ons het nie bergklim-toerusting nie."

Later sit hulle om die vuur en gesels. "Ek wonder nog steeds wat het ek gisteraand gehoor?" Gert krap in die vuur met 'n stok.

Liesel kyk na haar vriend. "Dit kan dalk 'n ligte aardbewing wees."

"Ag wat, dit maak seker nie saak nie," voeg Conrad by, terwyl hy die braaivleis omdraai.

"Ek wonder of hier nog wilde diere, soos jakkalse is?" vra Liesel.

"Conrad glimlag by homself. "Ja, definitief. Hier is leeus en luiperds; ek het hulle gehoor."

"Ha, ha," lag Liesel. "Glo jouself, jy kan my nie bangmaak nie!"

Die vier vriende sit tot laataand en gesels.

Conrad gooi 'n stuk hout op die vuur." Ek wonder hoe moet dit wees om afgesonder en alleen hier in die berge te bly?"

"Sonder, selfone, internet of TV," voeg Gert by.

Rooies mompel iets oor swak seine en bêre sy tablet en selfoon. "Nee wat, nie vir my nie, dankie."

✳✳✳

Die volgende oggend is hulle vol nuwe moed. Hulle draai nie terug nie, maar wyk af van die gemerkte voetpad van die staproete. Die terrein raak steiler en hulle moet kort-kort oor rotse en slote klouter. 'n Geroeste bord aan 'n paal lees: *Danger, do not pass beyond this point. Unknown Terrain.*

Hulle staar na die windskewe bord. Wat sal dit beteken?

"So wat, as dit onbekende terrein is, ons sal die onbekende tem." Conrad lag en gooi na die bord met 'n klip.

"Kyk, ouens, hier is 'n paadjie wat na die bos lei, ons volg dit en kyk waar bring dit ons," sê Gert en tel sy rugsak op. "Kom, ouens, laat ons sien wat lê op ons pad."

Almal wonder waarheen sal die paadjie hulle lei?

Die paadjie kronkel deur 'n digte plantasie van bome. Die bos eindig geleidelik en maak plek vir rotse, klippe en soms digte plantegroei. Die paadjie verdwyn gaandeweg en hulle volg hulle eie roete, vorentoe, die bergspitse hulle baken.

Hulle beur moeisaam voort. Asems jaag en sweet hardloop oor hulle gesigte. Geleidelik beweeg hulle al nader en nader aan die kranse wat die blou lug inskiet. Die terrein is verraderlik – skerp klippe, diep slote en digte plantegroei, maak die tog bitter moeilik.

"Wat 'n ongelooflike gesig!"

Liesel bekyk die swart rotsformasies wat honderde meters bokant hulle koppe uittroon. "Ek is seker niemand het nog nooit sy voete hier neergesit nie. Hoor die wind wat deur die bome ruis, voëls wat sing en, ag, net die salige stilte."

"Conrad staan met sy hande op sy knieë en hyg na asem. "Ja, en die gehyg van ons asems ook, nê?"

Gert klouter 'n ent voor hulle oor 'n rotsformasie van sandsteen en steek vas. "Luister ouens, ek hoor water."

Opgewonde beweeg hulle nou nader en hoor dan duidelik die geruis van water. Hulle klim oor die rotse en beweeg afwaarts in 'n vallei aan die onderpunt van die kranse.

Skielik ontvou 'n ongerepte natuurtoneel voor hulle. 'n Waterval stort van bo af oor kranse en plons honderde meters na onder in 'n helder poel water.

"Swem! Die laaste een in die water moet vanaand kos maak!" skree Liesel en verdwyn agter 'n rots.

Die water is koel, glashelder en diep genoeg om in te swem. Die vier vriende baljaar totdat hulle later stokflou is. Later lê hulle en droogbak in die son.

Teen laatmiddag, slaan hulle tent op en pak 'n groot houtvuur aan.

"So, ons gaan more verder, nê?"

Gert krap rooi kole bymekaar en sit 'n klein opvoubare rooster op die vuur.

"Ja, natuurlik, ons het mos gesê ons wil so ver gaan as wat ons kan klim," voeg Liesel by.

"Oukei met my," sê Conrad en kyk na Rooies wat stil eenkant sit. "Wat sê jy, ou Rooies, is jy *game*?"

Rooies loer oor sy bril en sit sy tablet neer. "Ja wat, ek sal dit seker oorleef. Al probleem is, nou is my tablet se battery pap en kan dit nie gelaai word nie, dan praat ek nie eens van die sein wat nou heeltemal weg is nie."

"Goeie ding," sê Liesel. "Nou kan jy 'n bietjie die mooi natuur om jou geniet."

Die groep vriende gesels tot laataand om die kampvuur, voordat elkeen in sy tent verdwyn vir 'n welverdiende nagrus.

"Ek wonder net hoe gaan ons verder van hier af? Ons sal maar eers die omgewing voor die waterval verken en kyk of ons verder kan gaan," sê Gert.

Die volgende oggend na 'n ontbyt van eiers en gebakte boontjies, sê Conrad dat hy lus het om die area agter die waterval te verken.

Hy staan op en beweeg na die onderpunt van die waterval waar dit in die poel stort. Die plantegroei is dig en welig agter die waterval en 'n fyn misreën benat die rotse en plantegroei.

"Ek gaan kyk hoe dit lyk hier agter die waterval," skree Conrad en verdwyn agter die stroom vallende water.

Hy sien dat daar 'n wye spasie tussen die waterval en die krans is. Die klippe is glibberig van die konstante water en hy trap versigtig om nie te gly nie.

Versigtig klouter hy verder en verder. Hy sien 'n opening in die krans agter die waterval. Die lig is sleg en hy wonder of hy verder moet stap.

Conrad beweeg 'n ent dieper en word deur digte rankplante verhinder om verder in te beweeg. Hy staan vir 'n wyle en bewonder die digte massa rankplante wat amper soos 'n gordyn die krans voor hom bedek. Hy druk die plante eenkant en merk 'n wye opening in die krans. Is dit 'n grot-opening, of spleet in die krans? Hy stap nader. Dis donker agter die plantegroei en hy kan nie duidelik sien of dit wel 'n grot-opening is nie.

Skielik fladder 'n klomp vlermuise laag oor sy kop en vlieg in sirkels, op soek na insekte. Hy tel 'n klip op en gooi dit na die donker opening in die rotswand. Dit verdwyn in die donkerte en weerklink met 'n hol klank dieper in; 'n bewys dat daar 'n opening in die krans is.

Conrad is opgewonde en besluit om terug te draai. Hy brand om sy vriende van sy ontdekking te vertel. Dit blyk definitief dat hy 'n grot-opening ontdek het. Hy klouter nog 'n ent verder agter die waterval en is naderhand sopnat van die fyn misreën. Teen middag keer hy terug. Gert en Liesel is besig om kos voor te berei en hy stap opgewonde nader.

"Haai ouens, ek het iets interessants agter die waterval ontdek. Dis taamlik donker daar en dit lyk asof daar 'n opening in die rotse agter die waterval is. Dit kan dalk 'n grot wees, want ek het vlermuise sien uitvlieg." Hy vertel van die opening agter die waterval wat verskans is agter digte rankplante.

"Sjoe, ek wonder of dit wel 'n grot-opening of dalk net 'n spleet in die kranse is?" Gert is opgewonde.

Liesel is ook die ene ore en hulle besluit om die volgende oggend die plek te verken.

Hoofstuk 5

Na ontbyt, gewapen met flitsligte en rugsakke, volg hulle Conrad oor die gladde klippe agter die waterval.

"Versigtig, ouens, dis baie glad, ons wil nie beserings hê nie." Conrad wag 'n ent verder vir sy vriende, wat voetjie vir voetjie oor die klippe klouter.

Hulle bereik die digte gordyn van rankplante.

Conrad druk die plante eenkant. "Sien julle, dis amper asof daar 'n gordyn voor die opening is."

'n Donker gaping is duidelik in die rotsskeur te sien.

Conrad is opgewonde. "Kom, ouens, dis wragtie 'n grot-opening. Kom ons gaan kyk hoe ver kan ons in loop."

Die opening is hoog en hulle kan regop instap. Die grot-vloer is gelyk en hulle trap in sagte sand. Die dak strek bokant hulle uit en water drup van bo af op die vloer.

Stadig stap hulle al dieper en verder in die grot. Plek-plek is die dak laag en moet hulle gebukkend deurkruip, dan strek die dak weer die hoogtes in. Stalaktiete hang soos skerp swaarde van bo-af.

Die flitslig se strale gooi spookagtige skadu's teen die rotswande en verdwyn dan weer soos skimme in die duisternis.

"Ek wonder of 'n mens al sy voete hier neergesit het?" Liesel buk af en tel 'n stukkie geroeste metaal op. Sy draai dit in die rondte en wys dit aan Gert.

"Dit lyk soos 'n ou, geroeste spyker, ek wonder waar sal dit vandaan kom?"

Conrad bekyk ook die stukkie metaal. "Daar gaan ons teorie ook van die eerste mensvoete wat hier getrap het. Dit het dalk aan jou voorouers behoort, ou Gert."

"Hier is voetspore in die sand … ek kan nie uitmaak of dit vars of oud is nie," sê Conrad.

"So hier was definitief iets bedrywig, of iemand is ook al deur die grot." Rooies buk af en bekyk die afdruk van 'n rubbersool in die sand.

Hulle sit vir 'n wyle om asem te skep. Gert lig met sy flits heen en weer en vlieg skielik op. Hy stap 'n ent weg en buk af. 'n Voorwerp lê gedeeltelik onder die sand begrawe. Hy krap die sand weg en tel 'n geroeste graaf op.

"Kyk hier, ouens, dis 'n graaf, hier was definitief een of ander bedrywigheid aan die gang. Dalk was dit 'n ou myn?"

"Ja, maar wat sal iemand hier in die afgesonderde en onherbergsame berge wil myn?" vra Liesel.

"Dalk goud?" voeg Rooies by.

Gert gooi die graaf eenkant. "Wie weet, ons loop dalk nog baie interessante dinge raak."

Die lug raak bedompig en hulle besef dat die einde van die grot naby is.

"Ek dink ons kom nou nader aan die eindpunt. Voel julle hoe bedompig en dun raak die lug?" vra Gert.

Liesel struikel oor 'n voorwerp wat gedeeltelik onder die sand begrawe lê. Sy buk af en krap die sand weg. "Kyk hier, ouens, dis 'n stuk yster, lyk amper soos 'n gedeelte van 'n kruiwa."

Hulle krap nog sand weg en vind nog 'n aantal geroeste grawe, pikke, kruiwaens, emmers en ou mynlampe.

"Ek wonder wat lê nog alles onder die sand begrawe, hoop nie ons kom op geraamtes af nie," sê Liesel.

Gert sit op sy hurke en grawe met sy hande om nog van die vonds uit te grawe. "Kyk hier, 'n ou, verslete stewel."

"Die moontlikheid van goud in die tipe van gesteentes is heeltemal moontlik," voeg Rooies by, terwyl hy 'n klip bestudeer.

"Ek dink ons moet omdraai, ouens, dis al laat en die pad terug is nog ver. Dit lyk nie of hier iets verder van belang is nie, ons kan more weer terugkom." Liesel raap haar rugsak op en draai terug.

* * *

Die groep vriende stap terug na hulle kamp, elkeen besig met sy eie gedagtes.

"Ons moet môreoggend vroeg weer die grot verken, dalk kom ons nog op iets interessants af en ons het nog nie die eindpunt bereik nie," sê Gert.

"Ja," voeg Conrad by. "Wie sou hier in die onherbergsame area wil soek vir goud of diamante en waarom lê alles nog so verwaarloos? Hier is beslis 'n geheim wat ons sal moet ontrafel."

"Dis amper asof die myners alles net so gelos het en padgegee het," voeg Liesel by.

"Ja, ek hoop môre se ekspedisie lewer iets konkreets op," sê Rooies.

Die ontdekking van die grot is 'n ellelange punt van bespreking en elkeen se teorie word bespreek.

Gert gooi 'n stomp droë hout op die vuur en kyk hoe die rooi vonke die lug inskiet.

"Wat ek nie kan verstaan nie, is hoe op aarde het die myners die grot ontdek? 'n Mens begin nie sommer vanself grawe vir goud of diamante nie."

"Ag wel, ons sal môre sien, ek gaan nou slaap." Rooies staan op en slenter na sy tent toe.

Hoofstuk 6

Na 'n vinnige ontbyt die volgende oggend, klouter die vier vriende oor die glibberige klippe agter die waterval en stap opgewonde die grot se opening binne. Hulle verwagting vandag vir iets groots ... dis op hulle gesigte te lees.

"Ek voel aan my lyf dat ons vandag iets gaan vind of beleef," sê Liesel opgewonde.

Gert knik. "Ek hoop jy is reg, julle vroumens-intuïsie is gewoonlik akkuraat."

"Ja, ek is seker," glimlag Liesel

Hulle stap vandag verder as die vorige dag. Later is hulle uitgeput en sit met hulle rûe teen die rotswand en eet van die kos wat hulle ingepak het. Hulle merk dat daar 'n aantal sygange is wat weerskante van die grot is. Vir veiligheids onthalwe en om te verhoed dat hulle nie verdwaal nie, volg hulle die breë en hoë grot,

"Waar eindig die grot dan?" Ek is moeg gestap en dit hou net nie op nie." Liesel is mismoedig en het lus om terug te keer.

Gert trek haar regop. "Kom, man, ons stap nog so 'n ent verder, die grot moet iewers doodloop of uitmond."

Gert loop 'n ent verder en verdwyn agter 'n groot rots wat van die dak af losgebreek het. Hy steek vas ... wat gaan hier aan? Sy flits se straal val op 'n hoop klippe wat enige verdere deurgang verhoed. Hy lig heen en weer.

Gert se hart bons onwillekeurig. Die klippe lê nie bloot opmekaar nie, maar dit blyk asof dit 'n muur is wat met klippe gebou is.

"Gert, julle ouens, kom kyk hier agter die groot rots, ek dink hier is 'n klipmuur."

Hulle lig van bo na onder, heen en weer.

"Dis wraggies 'n klipmuur – iemand moes dit doelbewus gebou het. Kyk, die klippe is netjies opmekaar gestapel. Ek wonder wat is hier agter die muur en waarvoor is dit gebou, so in die middel van die grot?" Liesel is nou opgewonde.

"Gert, kom kyk hier!" roep Liesel.

Hulle stap nader en bekyk die klipmuur. "Kyk, van die klippe het uitgeval. Ek wonder hoe dik is die muur, dink jy ons sal ons hier kan deurbreek?" 'n Hoop klippe lê gestrooi aan die onderkant van die muur.

Sy begin wikkel aan 'n klip wat prominent uitsteek. Skielik gee die klip mee en sy val met klip en al op die grond. Gert trek haar regop en lig met sy flits in die opening. Die flitslig straal het 'n beperkte reikafstand en hulle gewaar net donkerte agter die muur.

Conrad kom nader en trek 'n vuurhoutjie. Hy hou dit in die opening en onmiddellik vlam dit helderder. "Vars lug ... die grot moet 'n opening of uitgang vorentoe hê."

"Oukei, ouens, ons weet nou daar's iets daar agter. Ek dink ons gaan nou terug en maak iets te ete, dan kan ons more terugkom en probeer om deur die muur te breek."

Hulle pak die terugtog aan en bereik hulle kamp teen donker. Die volgende oggend, na 'n lang stap, bereik hulle die klipmuur en begin om met hulle hande van die klippe los te wikkel. Gert het 'n klein opvou-graaf saamgebring en breek groter stukke klip los.

Dis harde werk in die bedompige lug en hulle vorder stadig om die klippe los te breek. Stadigaan word die opening groter en binnekort sal hulle 'n groot genoeg opening hê om deur te klouter.

Meteens gil Liesel en spring terug. "Hier's mensbeendere en 'n kopbeen!"

Dele van die rotsmuur tuimel inmekaar en beendere en kopbene word ontbloot.

"Pasop!" skree Gert, "die muur of dak kan dalk verder inval."

Hulle spring terug en beweeg nader. Conrad lig na die wit kopbeen. "Dit lyk eerder asof die grot hier ingeval het. Ek wonder hoeveel ouens lê onder die klippe begrawe?"

"Ja," sê Gert, "dit was seker die mynwerkers, maar hoekom 'n muur bou?"

"Dalk myners of iemand wat agterna hier deur is, wie weet?" wonder Rooies, wat die hele tyd die petalje op 'n veilige afstand staan en dophou.

Liesel staan op haar tone en wikkel haar lyf deur die opening. Sy klim uit aan die agterkant van die muur en spring af.

"Kom ouens, dis groot genoeg, laat ons kyk waarheen lei die res van die grot."

Een vir een klouter Gert, Conrad en Rooies deur die opening in die muur.

Vars lug stroom deur die grot. Hulle is nou almal aan die anderkant van die klipmuur en stap dieper die grot in. Hulle gewaar weer 'n paar voorwerpe, soos geroeste kruiwaens, pikke en grawe, halfpad onder die sand begrawe.

Geleidelik word dit ligter in die grot. 'n Dowwe skynsel van daglig verlig 'n opening aan die verste punt van die grot.

"Daar's lig voor, die grot se einde is in sig!" roep Gert opgewonde uit; hulle het uiteindelik die eindpunt van die grot bereik. Wat lê alles daaragter?

Opgewonde hardloop hulle nader na die opening. Die donkerte verdwyn eensklaps en dan stap hulle uit in die helder sonlig.

'n Vallei, omring deur hoë kranse, strek voor hulle uit. Digte bome en plante groei welig in die skynbaar verlate vallei. Hulle is nou agter die kranse en is omring deur die berge. Die tonnel verbind die ingang by die waterval met die vallei wat tussen die berge gesetel is.

"Dit lyk amper soos *Jurassic Park*, hoop nie hier is dinosourusse nie," skerts Liesel en stap uit in die helder sonlig.

Rooies kyk met groot oë na die onherbergsame gebied voor hulle. "Die moontlikheid is nie uitgesluit nie. Spesies wat hier in die vallei lewe, kan vir eeue ongeskonde bly voortbestaan," voeg hy by met sy algemene kennis oor enige onderwerp denkbaar.

Vir 'n wyle bekyk hulle die ongerepte natuurskoon rondom hulle en besluit om na onder te klim. Die afwaartse tog verloop moeisaam. Digte plantegroei, rotse en slote belemmer hulle spoed en dit gaan vallend en struikelend die berg af. Hulle sit onder 'n boom en rus. Bedompige hitte styg uit die vallei en plantegroei en sweet stroom oor hulle gesigte. Sonbesies skree irriterend in die bome bokant hulle en veelkleurige insekte en voëls vlieg deur die bome.

Gert staan op. "Kom, ons moet aanbeweeg. Ek wil sien wat is daar onder in die vallei."

Hulle gly-gly die steiltes af. Gert steek vas. "Ek ruik rook." Hy snuif-snuif in die lug.

Conrad skud sy kop. "Ja, ek ruik dit ook. Hier's mense hier onder, maar hoe op aarde kan dit wees?"

"Ja, die vallei is totaal onherbergsaam en is nie bereikbaar deur enige voertuig nie. Wat sal mense nou hier onder doen?" Liesel klouter op 'n rots en tuur na onder. "Daar is rook daar onder, jy kan duidelik sien hoe dit van onder af in die vallei na bo styg."

Hulle val-gly verder na onder. Takke krap hulle arms en gesigte en lastige insekte pak om die droë bloed. Die terrein raak nou meer gelyk en dit gaan makliker. Gert, wat die voortou neem, beweeg om 'n rots-plaat en steek sy hand in die lug.

"Daar is mense daar onder, ek het beweging gesien. Ons moet versigtig wees, ons weet nie wie of wat hulle is nie."

Hy maak sy rugsak oop en haal 'n klein verkyker daaruit. Hy swaai die verkyker heen en weer, doen 'n verstelling en fokus op 'n beweging.

"Wel, wel, kan jy nou meer, dis baie interessant."

"Wat is dit?" fluister Conrad en Liesel gelyktydig.

"Kyk self." Hy gee die verkyker vir Conrad.

Conrad gee die verkyker aan vir Rooies wat trippel van opgewondenheid.

"Well I never." Hy druk dit in Liesel se hande.

Hoofstuk 7

Die *Agusta* helikopter fladder soos 'n naaldekoker bokant die skerp kranse van die bergreeks.

"Ons kan nie hier land nie, die area is te ongelyk," sê Ben terwyl hy die kontroles ligweg beheer.

Onder hulle stort 'n waterval oor die krans en verdwyn onder in 'n poel water.

Neels bestudeer die area met 'n verkyker. "Volgens die GPS ligging moet die ingang van die grot hier naby die waterval wees."

"Ja, maar dis totaal ontoeganklik, ons sal 'n ander landingsplek moet kry en dan te voet verder soek. Ek dink ons vlieg na die oorkant van die berg en kyk hoe lyk dit daar."

Die helikopter klim hoër en hulle vlieg oor 'n diep vallei wat tussen die berge gesetel is.

"Kyk daar onder kronkel 'n rivier."

Ben lig die helikopter hoër en vlieg nou na die oorkant van die bergreeks.

Die helikopter hang roerloos in die lug. Stadig, met konsentrasie en ligte palm-bewegings, laat Ben die tuig tussen 'n klomp kranse neerdaal. Hy het 'n natuurlike opening, groot genoeg vir 'n helikopter om te land, waargeneem.

Die tuig land op 'n gelyk vloer van fyn sand, die lemme blaas stofwolke in die lug. Die stof bedaar en Ben en Neels klim uit.

"Goed gedoen, Ben, dis maar fyn vernuf om hier tussen die kranse te land. As een van die rotorlemme iewers geraak het, was ons *tickets*."

Ben glimlag. "Ja, jy kan of jy kan nie."

Hulle bekyk die area waar hulle so pas geland het. Die opening tussen die kranse vorm 'n natuurlike uit- of ingang na die vallei.

Ben en Neels stap deur die opening tussen die kranse. Die vallei strek voor hulle uit, Onder skitter-blink die rivier en ver aan die oorkant skiet kranse die lug in. Die vallei is omring deur onherbergsame en hoë berge.

Hulle val-gly teen die steiltes af en bereik ná ure se stap, die rivier. Die rivier is vlak en breë sandbanke is weerskante van die oewer.

"Neels, hier is spoelgoud in die water, ek weet dit, of my naam is nie Ben nie. Ek was mos jare 'n myner en prospekteerder."

Ben stap kniediep in die rivier in, druk sy hande onder die water en lig 'n hand vol sand uit. Hy herhaal dit 'n aantal kere en na die vierde uitskep van sand, glimlag hy en wys sy vonds vir Neels.

Enkele korrels goud lê in Ben se hand. "Ons moet ons hier vestig, die regte toerusting kry en die goud bymekaar maak."

"Ja, jy is reg. Ons moet al die toerusting bymekaar kry en dit met die *chopper* invlieg, Goed soos kos, kragopwekkers, ligte en wat ons ook al nodig het," sê Neels opgewonde.

Hulle slaan tent op, maak 'n vuur en braai vleis. Hulle gesels tot laat die aand en bespreek die pad vorentoe.

Die volgende oggend besigtig hulle weer die handgetekende kaart.

"Daar moet 'n ander ingang wees. Die kaart wys duidelik 'n waterval en grot-opening iewers." Ben staar na die oorkant van die vallei.

Neels draai die kaart volgens die GPS koördinate. "Ek dink ons stap deur die rivier na die oorkant en kyk hoe lyk dit daar."

Na sowat 'n paar uur se stap deur digte bosse en ruie plante, bereik hulle die opening van 'n grot. "Dit lei seker na die ingang aan die agterkant van die berg en is dan agter die waterval" sê Ben.

Hulle stap dieper en dieper in die grot. Die volgende oomblik val hulle flitsligte se skerp strale op 'n bisarre gesig. 'n Gedeelte van die grot se dak het meegegee. Onder tonne rots, steek die wit mensbeendere soos gebreekte takke uit. Kruiwaens, grawe en emmers lê opgeroes en verstrooi oor die hele vloer.

"Dis myners. Die ouens het vir goud gemyn en die stuk dak het bo-op hulle ingeval," sê Ben.

"Arme drommels." Neels skop na 'n geroeste emmer en grinnik. "Ek wonder of hulle ooit goud gekry het in die grot?"

"Hulle moes seker, maar dit kon nie baie wees nie. Die toerusting was maar min, as ek so kyk."

"So, die grot loop natuurlik deur na die ander kant van die berg, waar die eintlike opening moet wees. Die opening agter die waterval, aldus die kaart," se Neels.

"Moet wees, kom ons kyk."

Hulle stap verder en verder en na 'n wyle, bereik hulle die ingang van die grot wat byna deur plantegroei verskans is.

Ben bekyk die onherbergsame gebied en skud sy kop. "Dis byna onmoontlik om van die kant af in te kom. 'n Mens wonder hoe het die myners die plek ontdek?"

"Ja, wat maak dit ook saak. Ek dink ons moet teruggaan en besluit hoe ons die storie gaan aanpak."

* * *

Ben en Neels keer na 'n maand terug na die vallei. Toerusting word ingevlieg en 'n volledige kamp word onder in die vallei opgestel. Om te verhoed dat iemand toevallig hulle bedrywighede ontdek, besluit hulle om die deel van die grot wat ingestort het, met klippe toe te bou. Ingang vanaf die agterkant van die berg en vanaf die opening agter die waterval, is dus nou nie moontlik nie.

Hulle stel nog twee eks-myners, Bruce en Jakes, aan om hulle met die eksplorasie van goud in die rivier te help.

Die helikopter word in die opening tussen die kranse geberg en 'n stewige hek van houtpale word aan die opening opgerig. Hulle verkry ook twee *Honda* veldmotorfietse, wat gebruik word om na en van die kamp, na die helikopter te ry.

Uiteindelik, na sowat twee maande, is alles in plek en kan hulle onverpoosd voortgaan met die delf van spoelgoud.

Hoofstuk 8

"Waarmee is die mans besig?" vra Liesel en gee die verkyker aan Conrad.

Hy kyk deur die verkyker en fokus op beweging onder in die vallei.

"Dis prospekteerders, ek dink hulle delf spoelgoud." sê Conrad.

"WAT?" Liesel kan haar ore nie glo nie.

"Juis, kyk verder, dan sal jy hulle kamp sien."

Onder in die vallei, langs die walle van die rivier, is 'n kamp opgerig. Sinkgeboue, tente en 'n lapa is onder die bome opgerig.

Conrad oorhandig weer die verkyker aan Liesel wat ook die area en beweging bespied.

"Ongelooflik, ek wonder hoe kan hulle hier in die verlate vallei bestaan, hier's tog geen in- of uitgang nie. Of is daar nog 'n ingang deur die berg wat ons nie van weet nie?"

"Ons sal moet afklim na onder en hulle van nader bespied," sê Gert.

"Ja, maar ons sal baie versigtig moet wees, 'n mens weet nie waartoe is die ouens in staat nie. Die hele operasie is dalk ook onwettig," sê Liesel besorg.

Hulle beweeg stadig teen die steilte af. 'n Geritsel in die gras naby, laat hulle omvlieg. 'n Man met 'n haelgeweer onder sy arm vasgeknyp, verskyn uit die lang gras. Sy lang hare is in 'n poniestert vasgemaak en 'n sigaret hang tussen sy lippe. Hy grynslag met 'n paar tande wat ontbreek.

"Wel, wel, wat het ons hier, tog nie kinders wat rondloop en snuffel nie?"

Die vier vriende versteen ten aanskoue van die onverwagse verskyning van 'n persoon agter hulle.

"Versigtig met die geweer," sê Gert, "ons is nie gewapen nie."

Die geweerman swaai die dubbelloop gevaarlik rond. "Julle is oortreders. Dis privaatgrond hierdie. Kom, *move*. ons sal hoor wat sê Ben."

Die voetpad lei afwaarts na die rivier onder in die vallei. Die vier vriende stap vooruit, gevolg deur geweerman wat kort-kort vermakerig op hulle skel.

Hulle bereik die rivier en sien drie mans wat in die water doenig is. Ben kyk op, gooi sy sif neer op die sandwal en strompel nader, ten aanskoue van Jakes en die vier jongmense.

Hy bekyk die vier vriende asof hulle uit die lug geval hê en frons. "Waar krap jy hulle uit, Jakes?"

"Hierbo, Ben, naby die grot se uitgang."

"Drie manne en 'n *girl*, baie *convenient*. Hoe de duiwel het julle hier beland?"

Ben bekyk die vier jongmense asof hy nie kan glo dat hulle die geheime vallei kon ontdek en deur die grot toegang verkry het nie.

"Deur die grot-opening agter die waterval," sê Gert.

Liesel tree vorentoe. "Daar was 'n los klip in die muur binne die tonnel. Ons het 'n opening gemaak en deurgekruip."

Ben vryf sy ken. "Wat gaan ons met julle doen, hê juffie, vir die wolwe voer?"

"Oukei, Jakes, sluit hulle toe in die leë stoorkamer, ons sal besluit oor hulle lot."

Jakes lig die haelgeweer van sy skouer af en beduie dat hulle moet beweeg.

"Ons het niks verkeerd gedoen nie, ons het toevallig op die grot-opening afgekom," sê Gert.

"Ons sal môre gesels," blaf Ben.

Jakes beduie hulle moet na 'n sinkgebou stap wat eenkant opgerig is. Jakes sluit die deur van een gebou oop. "Binne, en geen *tricks* nie!" Hy klap die deur toe.

Die vier staan verbysterd in die bedompige sinkstoor. Wat is hulle lot? Hulle moet wegkom, maar hoe?

Hulle sit op die grond, sprakeloos, verward en bang.

"Ons moet kalm bly, ouens, ons sal hier uitkom," probeer Gert sy vriende moed inpraat.

Liesel is na aan trane. "Hoe weet ons? Die ouens is gewapen en ons weet nie wat hulle met ons gaan aanvang nie."

Hulle hoor naderende voetstappe en 'n geskuifel buite die deur. Dit swaai oop. 'n Skinkbord met vier blikborde waarop snye brood en gebakte boontjies is, word op die vloer neergesit. Hulle is honger en verslind gou die kos.

Dit is donker en koud in die hut. Elkeen klim in sy slaapsak en raak later uitgeput aan die slaap.

Die vroegoggend-stilte word verbreek deur die gedreun van 'n diesel kragopwekker. Voetstappe knars buite die hut en die deur word oopgesluit.

Dis Jakes. "Kom, Ben wil julle sien."

Vier mans sit onder 'n grasdakstellasie en eet ontbyt. Die geurige reuk van gebakte eiers en wors hang in die lug.

Ben beduie: "Sit en skep vir julle in, julle gaan kos nodig hê."

Hulle skep in en eet in stilte; gebakte eiers, wors en spek.

Ben sit sy bord neer en stap nader na die groep. "Goed, ons het nou 'n probleem. Eerstens is hier nie ontsnap kans nie. Kry enige idee van wegkom uit julle koppe. Niemand gaan julle ook kom soek nie. Julle selfone gaan ook nie werk nie. Ons gaan so te werk: Juffie, jy gaan sorg vir die kos. Daar is 'n stoorkamer hier agter. Ons het alles. Mieliemeel, vleis, eiers, *you name it*. Ons sal later vir jou die opset wys."

Ben kyk die drie seuns op en af. "Mooi, sterk en fris jong manne. Julle drie manne gaan ons help met die uitsif van die spoelgoud in die rivier. Ons sal julle mooi touwys maak."

Neels knik sy kop en sê: "Ja, hulle gaan ons taak makliker maak. Laat ek julle nou voorstel aan ons vier. Die lelike vent met die geweer het julle al ontmoet, dis Jakes. Ek is Neels en die ou met die pens, is Ben, my broer. Dié sterkman, se naam is Bruce."

"Nou, laat ons hoor wat is julle viertjies se name?" Ben kyk vermakerig na die vier jong kinders.

Gert tree vorentoe. "Ek is Gert, my vriendin, Liesel en die twee is Conrad en die rooikop is Rooies."

Wat nou? Hulle is gedwing tot slawearbeid en hier is geen kommunikasie met die buitewêreld nie. Hoe gaan enige soekgeselskap hulle ooit hier kry?

"Maar, julle kan ons mos nie sommer net so gevangene hou nie. Ons sal na 'n paar dae as vermis aangemeld word, dan sal daar soekgeselskappe gestuur word," sê Gert.

Gert is skielik ook bewus dat hulle vier na die staproete, nog vir 'n paar dae by die vakansieoord gaan aanbly en niemand sal hulle seker eers na 'n week begin soek nie.

Ben skaterlag. "Nee wat, niemand sal julle hier kry nie. Geen mens waag dit hier nie, geen voertuig kan hier naby kom nie en die area is te onherbergsaam selfs vir 'n helikopter."

"Ons sal julle hier hou totdat ons werk afgehandel is, dan kan julle huis toe gaan," lag Neels.

"Oukei, laat ons begin. Bruce, gaan wys die *girl* die kombuis opset, ek en Neels sal die manne gaan inlig hoe werk dinge."

Die son bak warm toe die drie vriende saam met Ben en Neels na die rivier stap. Jakes sit agteroor op 'n stoel in die koelte van die lapa met die geweer langs hom.

"Oukei, so werk die storie van spoelgoud. Goud neerslae wat met tyd gevorm is, word blootgelê deur die werking van die water. Die spoelkrag van die water verwyder klip, grond en sand, terwyl die swaar goud dan agterbly. Die wat agterbly, is in die vorm van stof, korrels of fyn stukkies." Ben beduie langsamerhand, druk sy hande onder die water, krap rond in die sandbodem en lig 'n hand vol sand dááruit.

"Dis harde werk. Sand en gruis word met 'n ronde metaalsif uit die vlak water vanaf die rivierbodem geskep. Die inhoud word gespoel en sorgvuldig met die vingers deursoek. Alle fyn stukkies spoelgoud word eenkant in 'n emmer geplaas," voeg Neels by.

Die seuns ontvang elkeen 'n sif en stap saam met die twee mans dieper in die rivier. Die harde dagtaak in die gietende son het begin.

Liesel bekyk die inhoud van die kosstoor. Sakke meel, mieliemeel, blikkieskos en eiers is in rakke gepak. Eenkant staan 'n vrieskas vol vleis en melk Dis seker waarom hier 'n kragopwekker is. Die kragopwekker; dit verklaar seker die geluid wat Gert en Rooies in die nag gehoor het. Sy wonder hoe kry hulle die ware hier in die vallei wat van die buitewêreld afgesny is.

Die son sak agter die berg en die mans en seuns keer terug na die lapa vir aandete. Ben en sy trawante is in hulle skik met die kos wat Liesel voorberei het.

Later die aand sit die vier vriende voor 'n vuur buite die hut waarin hulle moet slaap en bespreek die dag se verrigtinge.

"Iets hinder my," sê Liesel. "Ons kan nie uit die vallei ontsnap nie, maar hoe kry hulle die goud uit die vallei?"

Gert sit regop. "En ook die nodige proviand. Hulle moet 'n afsetgebied vir die goud hê, dus moet hulle die vallei verlaat."

"Juis," sê Conrad. "Dit beteken hier moet 'n ander uitgang wees."

"Hoe gaan ons dit vind, ons word gedurig dopgehou?" sê Rooies.

Hulle bespreek 'n plan van aksie. Ontsnapkans in die nag is 'n opsie, maar dis te gevaarlik en waarheen stap hulle ... terug soos wat hulle gekom het, deur die tonnel? Dit sal nie werk nie en buitendien word hulle elke aand toegesluit.

"Ons kan nie terug deur die tonnel nie, dan moet ons deur die rivier gaan. Daar is gedurig 'n wag wat die area bespied; nee, dis te gevaarlik," sê Gert.

Hulle bespreek talle opsies en ruil idees uit. Die prentjie lyk donker: met gewapende mans wat hulle dophou en 'n onbekende gebied, lyk ontsnapping regtig onmoontlik.

Hulle kruip in slaapsakke en kom tot ruste. Môre is nog 'n dag. Dalk bring dit 'n plan van aksie na vore.

Vroeg die volgende môre, sit die vier en eet ontbyt. Hulle het onrustig geslaap en weet nie wat die dag inhou nie.

"Enige planne, idees?" Gert loer na waar Ben en sy trawante eenkant sit en eet.

"Ek sal die wêreld rondom die kamp 'n bietjie bespied, dalk kry ek 'n pad wat iewers heen lei. Daar moet eenvoudig 'n ander uitgang wees," sê Liesel.

"Ek dink," sê Rooies, "jy moet stadig maar seker Jakes se vertroue wen. Laat hy gewoond raak aan jou bewegings, knoop onskuldige geselsies met hom aan, sodoende kan hy dalk iets laat val."

"Dis 'n goeie plan, wees net baie versigtig. Onthou, hy is gewapen en ons kan nie een van hulle vertrou nie," voeg Conrad by.

Die mans en drie seuns beweeg na die rivier waar die harde dagtaak begin. Dis eentonige, rugbrekende werk van skep van sand, sif en uitspoel.

Liesel was die skottelgoed en ruim die eetplek op. Sy hou Jakes ongesiens dop. Hy sit heeldag in die koelte onder die lapa met die geweer en raak vroegmiddag aan die slaap.

Sy besluit om die area agter die lapa en sinkgeboue te bespied. Die kamp is toegespan met ogiesdraad en skoon geskoffel. Sy beweeg al langs die draad; dis styf toegespan en nêrens is 'n opening te bespeur nie.

Sy besluit om terug te draai. Jakes sit nog onder die boom in die koelte en slaap. Sy maak koffie en bring vir hom 'n beker stomende koffie.

Jakes skrik wakker wanneer Liesel by hom praat. "Beker koffie, Jakes?"

Jakes glimlag en neem die beker koffie by Liesel. Sy sit 'n ent van hom af en hou hom dop oor die rand van haar koffiebeker.

"Hoe lank is julle al hier werksaam, Jakes?" vra sy baie vriendelik.

Jakes neem 'n sluk koffie. "Al meer as 'n jaar. Dit raak maar baie vervelig hier in die berge."

"Sjoe, maar dis lank. Ek het net al gewonder hoe op aarde het julle al die toerusting hier in die vallei gekry?"

Jakes trek sy oë op skrefies. "Jy vra my uit nê? Daar is nie ontsnapkans nie, die berge is baie onherbergsaam, so moenie eens daaraan dink nie."

Liesel besef sy moet haar kaarte mooi speel. "Nee, Jakes, ek vra net. Ek het net gewonder hoe op aarde het julle al die goed hier in die vallei gekry, hier is nie paaie nie en ek kan nie sien dat selfs 'n helikopter hier kan land nie."

Jakes staan op, kyk na die meisie en dink dat sy dalk maar onskuldige vrae vra. Sy het bowenal vir hom koffie gebring. "Daar is nog ingange in die berge, maar jy is te nuuskierig."

Liesel wil nie verder aan Jakes karring nie, hy moet geen onraad merk nie. So, daar is nog 'n ander in- of uitgang iewers. Waar sal dit wees? Sy sal 'n bietjie rondsnuffel en dalk leidrade kry.

Tydens middagete vertel Liesel van haar gesprek met Jakes en noem dat daar nog ingange na die vallei is.

"Hy wil nie uitbrei oor die hoe en waar nie. Ek gaan netnou weer rondsnuffel en kyk of ek nie iewers 'n spoor kan optel wat aandui in watter rigting die ander openinge is nie."

Na middagete, stap Liesel weer na die grensdraad van die kamp. Sy het Jakes dopgehou en merk dat hy teen die boom lê en snork.

Sy stap al langs die draad af en sien 'n paar bome wat teenaan die draad groei. Mooi verskuil tussen digte takke en blare, is 'n sinkhut. A, hier is iets. Wat sal daarbinne wees?

Daar hang 'n ketting en slot aan die skewe deur, maar dis nie gesluit nie. Pragtig, hulle is agterlosig. Liesel stoot die deur versigtig oop en loer binne. Swart seile bedek twee voorwerpe. Sy trek die seile af. Twee *Honda* veldrymotorfietse staan langs mekaar. Staalkanne staan oral op die vloer en die reuk van petrol en olie is skerp in die klein vertrek.

Liesel bekyk die motorfietse. Albei is toegerus met drarakke van sterk aluminium wat aan die agterkant vasgebout is. So, hiermee word goedere dan in en uit vervoer oor een of ander verskuilde pad.

Liesel is opgewonde oor haar vonds. Sy bespied die area rondom die hut en merk dat daar baie skoen- en wielspore op die grond is. Sy bekyk weer die draad en ontdek tot haar verbasing dat die draad op een spesifieke plek nie stewig is nie. Sy voel aan die draad en glimlag. Die omheining is van bo tot onder oopgeknip en met stukke bloudraad vasgemaak. Dis amper 'n verbloemde hek. Jy maak doodeenvoudig die drade los en swaai dan die draadhek oop.

Daar is nêrens 'n pad nie, maar sy merk tog tekens van wielspore en platgetrapte gras op die grond. Sy staar na die berge en hoë kranse in die verte. Lei die pad soontoe en na die ander uitgang?

Sy verken die toegekampte area verder en merk toevallig 'n oop stuk area tussen 'n klomp bome wat skoon geskoffel is van enige gras en klippe. Waarvoor sal dit wees? 'n Helikopterlandingsplek, ja, heeltemal moontlik?

Sy bestudeer die grond en sien wiele-en-skoenspore. Ja, dit moet definitief 'n helikopterlandingsplek wees, maar waar sal Ben dit stoor? Liesel besef weereens dat die ouens baie goed georganiseer is.

Sy trek die seile weer oor die fietse, druk die deur toe en stap vinnig terug na die kampterrein. Jakes lê nog rustig en snork en sy begin om aandete voor te berei.

Die manne en seuns keer terug van die rivier en sit in die koelte van die lapa. Liesel bedien aandete en almal smul in stilte.

Die vier vriende sit altyd eenkant en eet. Liesel is opgewonde oor haar ontdekking en vertel in 'n fluisterstem aan haar drie vriende van haar waarneming vroeër die middag.

"So, daar is 'n uitgang. Daar moet dan ook seker 'n pad wees, maar waarheen sal dit lei?" Gert frons en probeer sin maak uit die geheime opset waarin hulle vasgevang is.

"Nee, daar is nie fisies 'n pad wat ek kan sien nie, maar daar is heelwat wielspore op die grond en platgetrapte gras," voeg Liesel by.

"Presies, maar die ouens gebruik die fietse om by die ander ingang te kom," sê Gert.

"Dit moet wees," sê Rooies. "Hier is nie landingsplek vir enige vliegtuig of helikopter nie, die area is te ongelyk en ruig."

"Nee, ek is seker hier is. Hier is 'n skoon gemaakte area mooi verskuil agter 'n klomp bome. Jy kan duidelik sien dat 'n *chopper* daar land,"

"Miskien, maar my vraag is, hoe het hulle dan die motorfietse hier gekry? Daar is baie vrae waarvoor ons nie antwoorde voor het nie," sê Gert. "Ons moet vasstel waarheen lei die, sê maar, pad, dis prioriteit een."

Ek sal gaan, " sê Liesel onverwags, "ek is die enigste een van ons vier wat vryheid het in die dag. Julle is heeldag besig. Ek sal ongesiens wegglip. Jakes raak gewoonlik vroeg aan die slaap onder 'n boom. Ek sal hom dophou en dan my kans waag."

Gert slaan sy arm om Liesel se skouers. "Jy's braaf, my meisie, maar dis baie gevaarlik, ek kan jou nie die onbekende instuur nie."

"Dis ons enigste uitweg. Ek sal deur die hek glip en kyk waarheen lei die pad, dis te sê as daar een is."

Rooies is kriewelrig, vermy oogkontak met sy vriende en staar op die grond. "Ek's nou terug." Hy staan op en stap na die slaaphut.

"Wat makeer hom nou?" vra Gert met 'n frons.

Na 'n wyle keer Rooies terug. Hy lyk senuweeagtig en loer oor sy bril na waar Ben en sy trawante lag en skerts. "Gou, vat die ding en druk dit vinnig in jou sak."

Liesel staar vir 'n oomblik met groot oë na die swart pistool wat vinnig in haar hand gedruk word. "Rooies! Waar kom dié ding vandaan?"

"My pa s'n, ek het dit saamgebring in geval van nood. Dit kan dalk nou ons redding wees. Vat dit saam met jou, jy kan dit dalk net nodig kry."

Liesel neem die 9 mm *Parabellum*-pistool en druk dit in haar denimbroek se sak. "Goed dan, dan is dit ons finale antwoord en dis ons enigste kans, ek wil nie hier vergaan nie. Dankie, Rooies."

"Oukei, wees net versigtig, Liesel, sorg dat jy vir Jakes in die oog het. Niemand moet onraad merk nie," sê Gert besorgd.

Hulle is opgewonde. Daar is nou 'n plan van aksie. Uitkoms is dalk moontlik, maar watter gevaar wag daar vir Liesel?

Hulle besluit dat Liesel die volgende oggend na ontbyt wegglip. Terwyl sy later aandete voorberei, maak sy ekstra kos vir haar om saam te neem en pak dit in haar rugsak, saam met 'n flits en vuurhoutjies.

Hoofstuk 9

Die volgende oggend is Gert, Conrad en Rooies na die rivier om met hulle moeisame dagtaak te begin.

Gert is bekommerd oor Liesel. Sy gaan die onbekende in om te kyk of daar 'n kans vir ontsnapping is. Sê nou sy kom iets oor? Hy sal homself dit nooit vergewe nie.

Conrad sit sy sif neer en strek sy rug reguit. Liesel sal seker binnekort op pad wees. Hy loer na die opstal aan die oorkant en merk dat sy nog doenig is onder die lapa. Sy wag seker dat Jakes onder die boom gaan sit en slaap.

"Sy sal oukei wees, ou Gert, Liesel is 'n tawwe *girl*, moet haar nie onderskat nie."

"Ja, jong, ek *worry* maar oor my meisie, om haar sommer so die onbekende in te stuur."

Ben roep hulle en sy trawante bymekaar. "Ons gaan vandag verder stroomaf beweeg om daar te sif. Kom, kry julle toerusting laat ons *move*."

***

Liesel talm rond by die lapa en hou Jakes gedurig dop. Hy is ook al gewoond aan die roetine en steur hom nie veel aan Liesel se bewegings nie. Die son bak vroeg al ongenadiglik neer in die vallei en kort voor lank is Jakes aan die slaap. Die haelgeweer val uit sy arms en hy snork rustig voort.

Dis haar kans, dis nou of nooit! Liesel draf na hulle hut, gryp haar rugsak met kosvoorraad, druk die pistool agter by haar denimbroek in en sluip versigtig om die agterkant van die gebou. Sy draf gebukkend na die draadomheining en glip in by die motorfiets se skerm.

Sy pluk die seil af en wonder of sy nie dalk met die motorfiets moet ry nie, maar besluit daarteen – almal sal die geraas hoor. Sy kyk rond en raap 'n moersleutel op uit 'n gereedskapskis. 'n Paar harde houe en die vonkproppe breek af teen die silinderkoppe. Mooi, sy kyk glimlaggend na haar handewerk. Hulle sal haar nie nou vinnig kan inhaal nie.

Liesel draai die stukkies draad van die hek los, kruip deur en draai dit weer vas. Sy is nou aan die anderkant van die omheining. Digte grasveld wuif in die wind en vir 'n oomblik raak sy paniekbevange. Wat lê alles vir haar voor op die onbekende pad?

Die pad kronkel tussendeur gras en klippe. Sy volg die pad wat plek-plek wegraak, maar waar daar sandkolle is, is die wielspore van die motorfietse duidelik sigbaar. Na 'n wyle bereik sy 'n klomp bome wat dig teen mekaar groei. Sy stap nader om vir 'n wyle in die koelte te rus.

Sy stap verder en volg die wielspore van die motorfiets waar dit in los sand afgedruk is. By 'n klomp rotse sit sy en eet van die kos wat sy ingepak het. Hoe ver nog? Sy stap al die hele oggend, maar dit voel asof die pad net aanhou en aanhou. Die rotspieke in die verte gooi 'n helder glans soos die laat middagson daarop skyn.

Het Jakes al wakker geword en agtergekom dat sy weg is? Hy sal gou alarm maak en Ben en sy trawante sal gou op haar spoor wees. Sy sal moet aanstoot, oor 'n uur of wat is dit donker.

Die grasveld het nou plek gemaak vir digte plantegroei. Die pad is nou ook baie ongelyk en sy moet plek-plek raai waar die motorfiets se wielspore lê.

Die son sak gou agter die hoë berge in die weste en lang skadu's val oor die vallei. Dit raak meteens koud en 'n ligte wind fluit tussen deur die kranse.

Sy is moeg gestap. Moet sy hier uitspan vir die nag? Sal sy waag om 'n vuur te maak? Dit raak vinnig donker. Sy kan nie in die donker voortploeter nie, die omgewing is te onbekend en gevaarlik. Sy besluit om te oornag onder 'n oorhangende rotsplaat.

Sy wikkel haarself toe in haar warm baadjie en sit met opgetrekte bene in die skuiling. Liesel besluit om nie vuur te maak nie – die vlamme sal teen die kranse, wat kilometers ver gesien kan word, weerkaats.

Ben en sy trawante het seker al lankal agtergekom dat sy weg is. Soek hulle al na haar? Sy is bly dat sy die motorfietse gesaboteer het, nou sal hulle te voet moet loop as hulle haar wil agtervolg. Maar wat nou verder? Waar eindig die pad, en daaragter? Sien sy kans om verder die onbekende in te vaar?

Sy is moeg, uitgeput en voel vuil van die heeldag se stap in die son. Later dryf sy weg in 'n rustelose golf van wakker en slaap. Gedurende die nag skrik sy wakker van die geblaf van hiënas in die omgewing.

Liesel maak haar oë oop. 'n Geritsel naby het haar wakker gemaak. Haar hart bons wild teen haar borskas. Wat is dit? Ben en sy mense, 'n wilde dier? Sy het al gehoor dat hiënas mense aanval.

Sy pluk die pistool onder haar baadjie uit en sit met opgehoude asem. 'n Tak kraak en 'n klein wildsbok spring voor haar verby. Liesel slaak 'n sug van verligting en bêre die vuurwapen.

***

Dit is laatmiddag wanneer Jakes agterkom dat Liesel weg is. Ben, sy werkers en die drie seuns het nie vir middagete kamp toe gekom nie. Ben het 'n nuwe area in die rivier ontdek waar hy heelwat spoelgoud waargeneem het. Dit is redelik ver weg van die kamp en hulle het die nodige eet- en drinkgoed saamgeneem.

Jakes staan wankelend op, sy bene styf van die slaapposisie. Dis stil rondom die kamp ... te stil. Dan besef hy meteens; Liesel is nie in die omtrek nie. Hy gryp die haelgeweer en deursoek die kampplek. Sy is nie in die lapa, kosstoor of enige van die ander hutte nie. Hy hardloop na die omheining en kyk in alle rigtings, maar sy is skoonveld.

Paniek pak hom beet. Ben maak hom dood as Liesel ontsnap het. Maar waar kan sy wees? Ontsnapping is tog buite die kwessie vir haar?

Jakes se hart klop wild toe hy Ben en sy trawante vanaf die rivier sien aankom.

"Sy's weg, die *girl* is weg," skree Jakes toe Ben binne hoorafstand is.

52

Ben hardloop nader en gryp Jakes aan die bors. "Wat bedoel jy sy's weg?"

Jakes sluk swaar en laat sak die haelgeweer. "Ek sien haar nêrens nie ... orals gesoek ... sy's *gone*."

Ben pluk die geweer uit Jakes se hande. "Jy't natuurlik weer gesit en slaap in plaas van dat jy die *girl* moet dophou."

Gert, Conrad en Rooies het intussen ook nader gestap en beskou die onderonsie tussen Ben en Jakes met belangstelling.

Ben swaai om en rig die wapen op Gert. "Waar is jou *girl*? Julle kan nie wegkom nie, ek het mos gesê daar is geen ontsnapkans nie."

Gert lyk ongeërg. "Sy het seker 'n ent gaan stap, ek sal nie weet nie, ons was dan die hele dag saam met julle by die rivier."

"Ek hoop vir julle part ons kry haar gou, daar is wilde diere hier in die kranse. Hiënas en selfs luiperds boer hier."

"Het jy orals gekyk, Jakes, langs die draad en die fietsafdak ook?"

"Orals," lieg Jakes, "sy's nêrens nie."

Ben is briesend. "Ek gaan haar soek, sy mag nie wegkom nie." Hy swaai die haelgeweer oor sy skouer en stap weg.

"Dink jy sy is oukei?" vra Conrad met 'n fluisterstem.

Gert is erg bekommerd. Wat het hom besiel om sy meisie alleen die onbekende in te stuur? "Heng, Conrad, ek hoop regtig so. Ek sal myself nooit vergewe as sy iets oorkom nie."

"Sy het darem die pistool en sy is 'n tawwe meisie, sy sal dit maak," voeg Rooies by.

"Jakes, sluit die drie toe in die stoor en sorg dat hulle niks probeer nie!" Ben keer terug met 'n pistool en druk dit in Jakes se hand.

"Dis al amper donker, Ben, jy kan nie nou die bosse invaar nie," sê Jakes.

Ben steek een sigaret na die ander op. Hy is duidelik baie knorrig oor die hele situasie. "Oukei, ek sal môreoggend vroeg in die pad val. Die *girl* kan nie ver kom nie."

Hoofstuk 10

Ben het nie baie lus vir die gesoekery nie. Watter rigting sou die meisie geneem het? Dis onwaarskynlik dat sy oor die rivier sou gaan, hulle sou haar tog gesien het. Dan moet dit anderkant die omheining wees, maar die omgewing is baie ruig en gevaarlik.

Ben gooi die haelgeweer oor sy skouer en stap na die draadomheining en motorfiets-afdak. "Sal die *bike* vat, dis gouer as om te stap," brom hy onderlangs en gee 'n paar swetswoorde.

Hy lig die seil van die fietse af, klim op en probeer tevergeefs om die fiets aan die gang te skop. "Wat de duiwel, is dit tog nou weer? Is die petrol dalk gedaan?" Hy skroef die prop af en kyk in die petroltenk – dis vol!

Hy buk af en sien die vonkpropdraad wat los lê, asook die vonkprop wat in die silinderkop afgebreek is. "So 'n klein ..."

Ben se bloeddruk styg gevaarlik en hy loop en swets so ver as wat hy loop. Hy merk dat die ander fiets se vonkprop ook afgebreek is. Iewers moet daar nog spaar vonkproppe wees, maar hy het nie nou die tyd, of lus om dit te soek nie.

Hy maak die drade van die hek los en klouter deur. "Sy's hier deur," sis Ben deur sy tande. Liesel se tekkiespore is duidelik in die sand afgedruk.

Die son brand reeds skroeiend en 'n ongemaklike bedompigheid styg uit die digte plantegroei onder in die vallei. Hy is baie onfiks en sweetdruppels hardloop oor sy hele lyf. Kort-kort sit Ben onder 'n boom om te rus en groot slukke water te neem.

***

Die opkomende son gooi sy strale oor die kranse en Liesel skrik wakker uit 'n rustelose slaap. Sy vlieg op. Sy moet nou vinnig speel en die uitgang deur die kranse kry. Sy wonder of dit 'n grot sal wees of dalk 'n opening in die berg? Wat ook al, dit moet groot genoeg wees vir deurgang vir mense en 'n motorfiets.

Liesel stap verder, haar rigting die loodregte kranse wat voor haar opdoem. Die omgewing is baie ruig en sy kan nêrens enige spoor in die gras waarneem nie.

Sy besef, sy het te ver afgewyk die vorige middag toe sy 'n geskikte slaapplek gesoek het. Die terrein lyk nou ook orals dieselfde. Sy ploeter voort, rigtingloos, verward en bevrees.

Die geruis van water is veraf hoorbaar en dan kyk sy af op 'n rivier wat breed en vinnig oor klippe stroom. Sy het die pad totaal gemis – hoe gaan sy oor die rivier kom? Sy besef dat daar stroomaf 'n oorgang of brug behoort te wees waar die motorfietse oorgaan.

Liesel gly-gly teen die skuins wal af en besluit dat sy die rivier stroomaf sal volg. Die oewer is modderig en glad en sy verloor haar balans. Haar enkel druk tussen twee klippe in en sy gil van die pyn. Sy beur en trek, maar haar voet is stewig tussen die klippe in gewig.

Sy raak verbouereerd en vrees pak haar beet. Sy moet nou kalm bly, haar voet moet sy loskry, kom wat wil. Sy druk haar hande onder die water in en probeer om haar voet uit haar tekkie te trek. Sy byt op haar tande en wikkel haar been en voet heen en weer. Meteens glip haar voet uit ... sy is vry. Haar tekkie het intussen losgekom en sy sien hoe dit stroomaf dryf.

Liesel beskou haar enkel wat reeds blou en geswel is. Die skerp klip het haar been en enkel diep gesny en bloed stroom vryelik oor die klippe en sand.

Sy moet die bloed stop, vinnig ook. Liesel vroetel in haar rugsak vir haar knipmes. Sy sny repe van haar Denim- langbroek se pype af en verbind die bloeiende wond. Sy verbind ook haar geswelde enkel.

Sy pluk haar ander tekkie uit en gooi dit in die rivier. Sy glimlag effens ... dis belaglik om met net een skoen aan te hop. Sy dra darem nog kort sokkies. wat darem 'n bietjie beskerming teen dorings of klippe kan bied.

Dis gemakliker om langs die rivier te loop. Daar is breë sandbanke en sy strompel mank-mank oor die sand. Die pyn in haar enkel is erg en sy merk dat die bloed deur die materiaal syfer.

Eenkant langs die wal lê 'n omgevalle, droë boom. Sy sukkel teen die wal uit en breek 'n reguit tak af, stroop die sytakke en breek dit in 'n gemaklike lengte, wat sy dan as hulpmiddel gebruik om oor die weg te kom.

Die gelag van hiënas is meteens baie naby. Liesel vries. Die fyn reuksintuig van 'n hiëna het hom gou op die spoor gesit van vars bloed. Sy sien hom tussen hoë gras, sy geel oë op haar gerig. Sy bek is oop en sy geel slagtande is nat van die slym. Hy is honger en sal enige lewende ding aanval.

Waar is die res van die trop? Hiënas jag gewoonlik in troppe, of is die ou dalk 'n alleenloper? Sy pluk haar rugsak af en haal die pistool dááruit. Liesel is nie heeltemal in die duister met die hanteer van 'n vuurwapen nie en het darem al heelwat met pistole en gewere geskiet op haar oupa se plaas.

Die hiëna sluip nader. Sy span die pistool, die klik-geluid van die patroon wat uit die magasyn skuif, is gerusstellend. Die ondier sirkel sy prooi, reg om aan te val. Liesel se hart bons hamerslae in haar keel. Sy rig die wapen en korrel vir die gapende bek. Die skoot klap en weergalm teen die kranse.

Die hiëna steek vas, bloed sypel by sy bek uit, maar hy kom wankelend nader. Die tweede koeël tref hom tussen sy oë en hy slaan neer met 'n dowwe plofgeluid.

Liesel se asem jaag en haar hart bons onbeheerst. Sy moet nou wegkom, die res van die trop is dalk naby en sal die bloed ruik. Sy bêre die pistool in haar broeksak en strompel verder met haar rowwe kruk. Die kloppende pyn in haar enkel en been verhinder haar om vinnig oor die weg te kom.

Hoe ver nog, volg sy ooit die regte rigting? Sy het heeltemal van die roete afgewyk en ploeter nou in die duister rond. Die rivier draai na een kant en meteens sien sy dit: 'n rowwe brug van stewige houtpale span die rivier. Sy is opgewonde en hobbel vinnig nader, die pyn in haar enkel en been vir 'n wyle vergete.

Die brug is smal, maar persone of motorfietse kan met gemak daaroor loop of ry. Sy stap oor die brug. Onder stroom die rivier oor klippe wat gevaarlik uitsteek. Waarheen sal die brug lei?

Sy bereik die einde van die brug. 'n Duidelike, maar smal, grondpad strek nou voor haar uit. Dit voel asof die hemelhoë kranse haar nader trek. Sy staar in die lug en beskou die vlymskerp tande van die kranse wat gevaarlik die lug inskiet.

Sy wonder waar eindig die pad – iewers moet daar dan 'n uitgang deur die berg wees. Liesel is bekommerd oor die twee skote wat sy afgevuur het, want Ben en sy trawante sal nou weet watter rigting sy ingeslaan het.

Die volgende oomblik steek sy vas. Dit blyk of die kranse in twee geskeur is. 'n Geweldige spleet verdeel die berg in twee dele. Sy stap nader en trek haar asem in van verbasing.

Die opening tussen twee kranse is sowat twee meter in deursnee en is toegemaak deur 'n stewige hek van houtpale. Sy ruk aan die hek, dis toegesluit met 'n stewige ketting en slot. Hoe op aarde sal sy deur kom?

Sy tree terug en beskou die hek. Die skeur in die krans is sowat ses meter hoog. Die hek strek nie tot heel bo nie en daar is 'n wye opening tussen die hek en die opening aan die bokant. Sal sy daar oor kan kom? As sy nie deur die hek kan kom nie, moet sy daar oor.

Liesel aarsel. Die pyn in haar enkel en been verhinder haar om sonder moeite oor te klim. Sy besluit dis nou of nooit. Sy byt vas en klouter stadig teen die hek op. Daar is genoeg sy-sporte aan die hek om vashouplek te kry. Sy klouter moeisaam tot bo, kruip deur die opening tussen die hek en bokant van die krans en klouter weer af aan die agterkant.

Sy is nou binne! Is dit nou die deurgang na vryheid en ontsnapping? Liesel is uitgeput en die pyn van haar beserings dwing haar om plat op die grond te sit en te rus.

Hoofstuk 11

Gert, Conrad en Rooies is gevangenis in die sinkhut. Die deur is gesluit en hulle kan nie uit nie. Ben het vir Liesel gaan soek, terwyl Jakes, Neels en Chris agterbly in die kamp. Die delf van spoelgoud in die rivier, is tydelik gestaak totdat Ben terugkom.

Gert vlieg regop van waar hy op sy slaapsak lê. "Het julle ouens dit gehoor?"

"Ja, dit was geweerskote, twee van hulle, kort na mekaar," sê Conrad.

Gert se oë rek. "Was dit nie eerder die klank van 'n pistool nie? Liesel het twee patrone afgevuur; sy is in gevaar! Ons moet hier uitkom ouens, kom wat wil. My meisie is in gevaar en ons moet haar red."

"Ja, dit het vir my ook eerder na pistoolskote as geweerskote geklink. Ben het die haelgeweer saamgevat en dit het nie soos haelgeweerskote geklink nie," voeg Rooies by.

"Goed ouens, volgende stap: hoe gaan ons uit die hut kom? Die deur is gesluit van buite en daar is diefwering voor die venster.

Hulle bekyk die sinkstoor se konstruksie. Daar is nie 'n sementvloer nie en die sinkplate is tot teenaan die grond ingeplant.

"Ons kan altyd onderdeur die plate grawe, maar dit gaan te lank neem. Daar is nie tyd nie! Daar moet 'n ander uitweg wees!" Gert stap al in die rondte en inspekteer elke sinkplaat en skroef.

Conrad staan peinsend na die deur en kyk. "Daar is nie 'n manier om hier uit te kom nie, ouens. Ek wonder of Jakes wag staan en of hy in die omtrek is?"

"Oukei, Conrad, wat is jou plan?" vra Gert.

Conrad verduidelik sy plan aan die ander drie. Hulle begin om met hulle vuiste hard aan die sinkdeur te hamer en te skree. Niks gebeur nie en hulle hou aan en aan.

Skielik hoor hulle Jakes se stem buite die hut. "Wat de duiwel is dit met julle, waarvoor skree julle soos mal goed?"

"Maak oop, maak oop, Rooies is dodelik siek, gooi op en het 'n hoë koors. Ons moet hom hier uitkry en kyk wat kan ons doen om sy koors af te kry." Gert staan by die deur en praat deur die skrefie van die kosyn.

"Oukei, oukei, ek maak oop!" skree Jakes.

Die ketting rinkel en die slot klik oop. Jakes druk die deur 'n ent oop en kyk in die half skemerte na binne. Agter op 'n slaapsak lê Rooies doodstil; maar waar is die ander drie? Die harde hou teen sy agterkop het so vinnig en onverwags gekom, dat Jakes nie weet wat hom getref het nie.

Dit word swart voor hom en hy slaan soos 'n dooie os neer. Gert gooi die plank neer en glimlag. "Hy gaan nog lank uit wees, kom laat ons skuif."

Hulle sluit die hut en loop gebukkend agterom die hut. Waar sal Neels en Chris wees? Die drie maats bespied die area rondom die kombuis en eetplek, maar die ander twee mans is nêrens in sig nie.

Hulle gewaar Neels en Chris by die rivier waar hulle doenig is om van die delftoerusting bymekaar te maak.

"Dit lyk asof hulle oppak. Ek dink die ouens maak gereed om die operasie te staak en pad te gee," fluister Gert. "Goed, dis ons kans, laat ons weg wees en vir Liesel gaan soek."

Hulle draf na die grensdraad van die kamp en vind die motorfietsafdak waarvan Liesel vertel het. Die twee fietse staan nog net so roerloos.

"Dis baie snaaks dat Ben nie een fiets gevat het om Liesel te gaan soek nie."

Conrad gewaar die los vonkpropdrade en die vonk-proppe wat in die silinderkop afgebreek is.

Gert glimlag. "Dis Liesel se werk, slim meisie. Hier moet seker spaar vonkproppe wees, kom ons kyk gou."

Langs die petrolkanne gewaar hulle 'n staal gereedskapkas. Hulle keer die inhoud van moersleutels, tange en verskeie gereedskap uit op die vloer. Tussen 'n klomp elektriese drade, gloeilampe, lugfilters en spaar onderdele, vind hulle twee gebruikte vonkproppe. Hulle vervang gou die gebreektes met die ander twee.

Na 'n paar skoppe, vat die enjins met 'n brul. Gert en Rooies klim op een fiets en Gert op die ander een. Die kragtige, 450- *Honda* veldfietse vlieg weg; die agterwiele grou slote in die sand en die drie maats is op pad.

Die draadhek lê oop soos wat Ben daar deur is. Hulle volg die veldpad. Die fietse hop en spring oor klippe, graspolle en slote; hulle bestemming, vorentoe, vorentoe, waar Liesel ook al heen is.

Gert is bekommerd en wonder waarvoor het Liesel die skote met die pistool afgevuur? Het Ben haar al ingehaal? Het sy op hom gevuur?

Die terrein raak digter en die pad raak al hoe meer onrybaar. Hulle ry in laagste rat en die fietse luier stadig vorentoe, maar steeds vorder hulle vorentoe, die bergspitse nou 'n naderende eindpunt.

Die sloot in die pad is verdwerg onder gras. Gert en Rooies, op die voorste fiets, sien dit te laat. Die fiets se voorwiel steek vas en gooi die niksvermoedende twee ryers deur die lug. Hulle val tussen lang gras langs die sogenaamde pad, terwyl die *Honda* op sy kant in die sloot te lande kom.

Conrad rem net betyds om nie in dieselfde sloot te beland nie. "Julle ouens oukei?"

Styf-styf kom Gert en Rooies tussen die graspolle deur gestrompel. "Ja, wat, ons is darem nog in een stuk. Ek dink die graspolle het ons val gebreek," sê Rooies uitasem.

Hulle bekyk die veldfiets wat op sy kant in die sloot lê. Die vurk is gebuig, die voorwiel is pap en 'n straal olie drup by die enjinblok uit.

Gert skud sy kop. "Nee wat, ons mors ons tyd om die ding weer rybaar te kry. Nou is dit drie van ons op een fiets. Klim, manne, ons kyk hoe ver kan ons vorder."

Gert skuif vorentoe en sit op die petroltenk, terwyl Conrad en rooies die sitplek okkupeer. Die *Honda* brul en rook onder die gewig van die drie seuns en kort-

kort sluk die enjin. Hulle vorder nog 'n ent en dan vrek die masjien.

Gert probeer die masjien aan die gang skop, maar dit weier. Hy skroef die petroltenkdop oop en loer binne. "Ag nee, die petrol is op, ons moes gekyk het voordat ons net die pad gevat het," sê Gert ergerlik.

Hulle los die fiets in die gras en stap te voet verder. Die geluid van lopende water is meteens hoorbaar en na 'n wyle bereik hulle die rivier en die houtbrug.

Gert wonder of Liesel die brug bereik het, ... is sy daar oor en indien wel, waarheen lei die pad anderkant die brug? Hy staar na die loodregte kranse voor hulle en kyk na die sterk stroom water wat oor klippe stroom.

"Wat is dit daardie?" Conrad steek vas in sy spore en beduie na onder.

Hulle kyk waar Conrad na 'n voorwerp wys. Gert staar na die voorwerp wat teen die kant van die brug vas gespoel is en kom met 'n skok agter dat dit een van Liesel se tekkies is.

Liesel! Waar is sy en wat het van haar geword? Is sy beseer, het sy in die water geval? Gert gryp sy kop vas. Hy moes haar nooit alleen die onbekende in gestuur het nie!

"Kom manne, daar is nie tyd nie, ons moet vasstel waarheen lei die pad en wat van Liesel geword het," gebied Gert sy twee vriende en draf oor die brug na die oorkant.

"Ons loop nou reguit na die oorkantste kranse, die deurgang moet dan seker hier voor iewers wees," sê Rooies.

"Ja, dit lyk behoorlik of ons teen die kranse gaan vasloop," sê Conrad.

Hulle stap nog verder en dan doem die spleet in die kranse voor hulle op. Hulle kyk met verbasing na die houthek wat tussen die nou opening van die kranse opgerig is.

Die houthek staan 'n ent oop. Is Liesel hier deur? En Ben, waar is hy? Wat het gebeur,? Vrae, nogmaals vrae.

Gert bestudeer die sand voor die hek. "Sy is hier deur, hier is haar voetspore. Dis vreemd, die spore lyk amper na dié van iemand wat op kouse loop. Dit moet Liesel wees, sy is sonder skoene."

Hy wonder oor Liesel se tekkie wat onder die brug in die water lê.

Conrad vryf sy ken en sit op sy hurke, "Hier is nog skoenspore, dis manskoene. Ben is hier deur."

"Kyk hier ouens, bloeddruppels en dis vars. Is dit Liesel s'n?" uiter Rooies verskrik

Hoofstuk 12

Liesel kyk op na die hoë kranse bokant haar, die grondvloer is sanderig en gelyk. Hier is nou baie voetspore en wielspore in die sand. Waarheen lei dit? Versigtig sluip sy verder en steek vas.

'n Groot voorwerp staan toegemaak onder 'n seil. Wat is daaronder? wonder Liesel en strompel nader. Sy lig een kant van die seil op en staar na die swart panele van 'n helikopter. So, hier is dus 'n helikopter waarmee die myners hulle goedere heen en weer vervoer. Die herwinde goud word dan by die landingsplek in die kamp opgetel en na die afsetgebied vervoer. Die helikopter word hier versteek en is uit die oog van enige vliegtuig of helikopter wat bo-oor die bergreeks vlieg.

Sy pluk die seil af, die swart panele en glaskajuit glim dof in die lig van die son wat aan die bokant van die kranse instroom. Die opening is nou, maar 'n ervare vlieënier kan versigtig hierin afdaal en opstyg, maar wie sal die vlieënier wees ... Ben?

Liesel merk dat daar heelwat 200 liter, metaalbrandstofkanne langs mekaar staan. Die ouens is baie goed georganiseer en het aan alles gedink.

Liesel sit vir 'n wyle langs 'n drom en rus. Sy is moeg, honger en dors, voel vuil en die beserings aan haar voet en enkel gee haar nou opdraand. Sy staar na die onherbergsame area en wonder wat is haar en haar vriende se lot? Was alles tevergeefs? Sy wonder of Gert en haar vriende nog gevange is?

Sy is verdiep in haar gedagtes en wip van die skrik vir die geklingel van metaal wat die stilte verbreek. Wat was dit? Sy beur orent en skuif gebukkend agter 'n paar petroldromme in. Sy loer na die ingang van die grot-opening. Is daar dalk iemand by die hek? Is dit haar agtervolgers? Haar hart slaan hamerslae teen haar borskas.

Liesel haal die pistool uit haar sak en span die wapen. Slof-slof van skoene op die sand kom nader. Sy loer tussen die dromme deur. Dis Ben, 'n haelgeweer in sy een hand!

Adrenalien bruis deur haar are. Die stilte is oorweldigend, slegs die tik-tik van die metaaldromme is hoorbaar soos die sonstrale van bo-af daarop skyn. Ben weet sy is hier, haar tekkiespore by die hek se ingang en die bloedspatsels, het haar verraai. Hoe kon sy so nalatig wees? Hy weet sy is weerloos en beseer; sy is 'n maklike prooi, 'n gewonde bokkie in die jagter se visier.

Sy moet nou vinnig dink, oorlewing is nou haar grootste prioriteit.

Die petroldromme staan op 'n gruislaag. Sy tel 'n gruisklippie op en gooi dit met 'n boog in die rigting van die helikopter. Dit tref metaal met 'n klang-geluid.

Ben, wat ingedagte na die opgeligte seil staar, vlieg om. Sy senuwees is op hol. Die feit dat die meisie weg is, hinder hom en besef ook dat daar definitief komplikasies gaan wees. Een of ander tyd sal daar 'n soekgeselskap van stapel gestuur word. Voor dan moet hulle sak en pak weg wees.

Ben se stem is hard en kras in die stilte, "Kom uit, *girlie*, jy kan nie wegkom nie."

Stilte. Die sweet brand sy oë. Waarom is hy op sy senuwees? Dis net 'n jong meisie en hy is gewapen.

Liesel gooi weer 'n klip na die agterkant van die helikopter. Sy leun oor die bokant van die drom, haar twee hande op die pistool. Ben vlieg om en kyk vas in Liesel wat oor 'n drom leun, met 'n pistool in haar hande.

Hy grynslag. "Waar kry jy die speelding vandaan, Poppie?" Ben wonder waar kom sy aan die pistool? Is dit 'n regte vuurwapen, of net 'n replika?

"Lyk dit soos 'n speelding, Ben?"

Liesel trek die sneller en die patroon slaan voor hom in die grond vas. Hy val plat en trek blindelings 'n skoot af met die haelgeweer. Die haelkorrels maak duike in die dromme.

"Gooi neer jou geweer, Ben, of ek skiet!"

Sy skuif agter 'n ander drom in en beweeg weg van haar oorspronklike posisie. Sy trek nog 'n skoot af, wat rakelings oor sy kop trek en teen 'n rots vasslaan.

Ben is verbouereerd. Hy duik agter die helikopter in. Waar is sy en sal sy hom skiet? Hy vee die sweet van sy gesig af. 'n Geluid agter hom, laat hom omvlieg. Hy sit op sy hurke en met die omdraai, verloor hy sy balans. Die haelgeweer val eenkant neer en 'n skoot gaan af. Haelkorrels sprei in 'n wye boog teen die grond en rotse.

Hy besef meteens hy het 'n fatale fout begaan: die haelgeweer het 'n patroon in elke loop, en hy het geen ekstra rondtes saamgebring nie.

Liesel staan voor hom. "Kom, Ben, lig jou, ek sal regtig skiet."

Ben beur orent. Sal sy regtig skiet? Hy is nie bereid om die kans te waag nie, maar hy moet haar ontwapen. Dis hy of sy. Hy spring vorentoe en swaai met die haelgeweer se kolf. Sy is onkant gevang en van balans af. Die kolf tref die pistool en ruk dit uit haar hand. Dit trek deur die lug en soos blits gryp Ben die wapen en druk dit in sy sak.

Met 'n skok besef Liesel dat sy verloor het, sy is nou weerloos en in die hande van Ben. Wat gaan nou gebeur? Eindig die drama van die afgelope week nou hier?

Ben glimlag en skud 'n sigaret uit 'n gefrommelde pakkie. Hy steek dit aan en blaas die rook deur sy neusgate. Hy staan vir 'n wyle en wonder wat moet hy verder doen. Die hele situasie het hande uitgeruk. Wat moet hy met die meisie doen? Sy skuldgevoelens pla hom; hy kan haar nie alleen hier in die grot los nie. Hy merk die bloed aan haar enkel en neem 'n besluit.

Ben maak die deur van die helikopter oop. "Klim, *Girlie*, ek vat jou terug na die kamp, jy kan nie hier bly nie."

Liesel besef sy het nie eintlik 'n keuse nie, alleen en met die besering, sal sy nie die pad weer terug kry na die kamp toe nie.

Die rotorlemme van die helikopter begin stadig draai en bolle stof warrel in die nou spasie tussen die kranse. Stadig en met konsentrasie beheer Ben die tuig tussen die kranse uit. Dit lig bokant die pieke draai en kies koers oor die vallei na die kamp.

Liesel sit roerloos, haar gedagtes 'n warboel. Wat gaan nou met hulle vier gebeur? Haar ontsnappingspoging het gefaal en wat is die lot van die drie seuns?

Die helikopter vlieg laag oor bome, gras en bosse. Na 'n wyle sien Liesel die kamp deur die venster en dan is die landingsplek tussen die bome sigbaar. Die tuig sak stadig grondwaarts en kom tot stilstand in 'n warrelwind van stof. Die rotorlemme draai nog vir 'n wyle en kom tot stilstand.

Hoofstuk 13

Gert, Conrad en Rooies, wat die grond voor die houthek bestudeer, vlieg meteens regop. Die harde knal van pistoolskote en terselfdertyd die oorverdowende eggo van haelgeweerskote, laat hulle verskrik na mekaar kyk.

"Dis Liesel en Ben is by haar, hulle skiet op mekaar!" Vrees pak Gert beet en hy storm blindelings deur die hek, gevolg deur sy twee vriende.

Die skril gefluit van 'n helikopter turbine wat meteens die lug versteur, is direk na die vuurwapenskote, hoorbaar. Die drie vriende staan verstom en staar in ongeloof na die swart helikopter wat stadig bo die hoë kranse hoër en hoër die blou lug in opstyg.

Digte stofwolke hang in die lug en vir 'n wyle staan die drie met toe oë en wag dat dit bedaar.

Gert kom tot verhaal en kyk na die helikopter wat nou bokant die kranse uitbeweeg, draai en oor die vallei vlieg. "Dis Ben en hy het Liesel by hom. Is sy gewond of beseer? Ons moet nou baie vinnig plan maak ouens, Liesel is in lewensgevaar en ons moet haar ten alle koste red."

Conrad bekyk die area waar die helikopter versteek word. "Dis die ideale wegsteekplek vir die helikopter, kyk hier staan 'n klomp dromme met brandstof. Liesel het gepraat van 'n moontlike versteekte landingsplek wat tussen die bome naby die kamp is. Ben en Liesel is dan seker soontoe.

"Hoe gaan ons betyds by die kamp kom? Die pad terug deur die bosse en rotse soos wat ons met die motorfietse gery het, neem 'n hele dag. Nou is die fietse ook daarmee heen en ons is basies gestrand." Conrad tel klippe op en gooi dit na die 200 liter dromme.

"Ek weet nie, Conrad. Liesel is in die hande van die gewetenlose ouens en ons weet ook nie watter beserings sy opgedoen het nie. Dit dryf my teen die mure uit omdat ek weet sy verkeer in gevaar en ons is hulpeloos."

Rooies, wat die petalje gadeslaan, stap buitentoe en staan op die brug en kyk na die rivier wat onderdeur stroom. Hy peins vir 'n paar minute, kyk stroom-op en stroom-af en staar dan weer na die berge wat die vallei omring.

Na 'n wyle kom hy uitasem aangehardloop en babbel aanmekaar. "Ouens, die rivier wat hier onderdeur die brug stroom, se oorsprong is waarskynlik diep, bo, in die berge. As ek so na die bergreeks en vallei kyk, stroom die rivier met 'n wye draai onder in die vallei. Wat ek sê, is dat die rivier dan ook uiteindelik by die myners se kamp verbystroom waar hulle die spoelgoud herwin."

Gert luister aandagtig. "Goed, dis moontlik, so wat is jou punt, Rooies?"

"As ons dan 'n manier kan kry om met die rivier, dus, stroomaf, te gaan, kan ons gou by die kamp uitkom …"

"Ek sien nie dat hier 'n boot iewers is nie, ou Rooies," sê Conrad glimlaggend.

"Wag ouens, Rooies het 'n punt beet. Ek het 'n plan wat dalk net kan werk, luister hierna," sê Gert. Hy verduidelik sy plan aan sy vriende. Almal is ingenome daarmee en hulle spring aan die werk.

Daar is ses, 200 liter dromme. Twee is vol en drie is leeg, terwyl die ander een, nog brandstof bevat. Hulle skroef die prop af en laat die brandstof op die grond uitloop. Die vier leë dromme word nou afgerol na die rivier onder die brug. Daar is breë sandbanke en hulle rangskik die dromme twee-twee langs mekaar. Conrad merk dat daar heelwat houtpale, wat waarskynlik oorbodig was met die bou van die brug deur die myners, onder die brug lê.

Hulle sleep die helikopter se seil na die rivieroewer en sny lang repe van die sterk materiaal. 'n Paar pale word nou bo-op die dromme vasgebind met die stroke materiaal. Hulle staan terug en bekyk die vlot wat hulle nou stroomaf moet vervoer.

Met 'n gesteun en kreun sleep die vriende die vlot oor die sand tot binne die rivier. Hulle spring op die selfgemaakte vlot wat vinnig deur die stroom water afgevoer word. Hulle hoop dat Rooies reg is met sy gevolgtrekking dat die rivier stroomaf tot by die kamp vloei.

Hulle sit wydsbeen op die dromme wat wikkel en dobber onder die golwe van die stroom. Wat as die rivier 'n ander rivier is wat êrens uitmond en nie dieselfde rivier is nie?

Die gedreun en geruis van water het gaandeweg duideliker geword. Die rivier stroom al vinniger en golwe breek oor die vlot wat nou gevaarlik op en af dobber.

"Hou vas, ouens, ek dink hier is erge stroomversnellings voor. Ek hoop die vlot gaan dit hou!" skree Gert oor die geruis van water.

Die dreuning is nou oorverdowend. Groot golwe breek oor die vlot en die manne is naderhand sopnat. Die rivier stroom vinniger, terwyl die vlot in die rondte begin tol; onbeheers en oorgelaat aan die woede van die stroomversnelling.

Meteens tol die vlot in die rondte, lig op, draai dwars en keer onderstebo. Die gedempte geluid van die metaaldromme, soos wat dit oor die skerp rotse skuur, is skaars hoorbaar bo die harde ruis van water. Die dromme breek los en die houtpale breek in stukke.

Gert is vasgevang in 'n maalstroom van bruisende water en hy spook en spartel om sy kop bo water te hou. Hy sluk water, hoes en proes en slaag uiteindelik om sy kop bo die siedende water te hou. Hy kyk verward rond en sien Conrad se kop, 'n ent van hom af, onder water verdwyn.

Uiteindelik verskyn sy kop weer bo die golwe en hy klou aan 'n rots wat bo die water uitsteek.

"Conrad, is jy oukei?" skree Gert oor die gedreun.

"Ja, darem. Waar is Rooies?" vra hy beangs.

Rooies! Hulle kyk beangs rond, maar gewaar rooies nêrens in die stroom nie.

Gert en Conrad klouter teen die wal uit en kyk hoe die dromme soos kurkproppe in die stroom afgevoer word. Meteens sien hulle Rooies waar hy gebukkend bo-op 'n drom sit met sy bene stewig om die drom vasgeknyp.

Gert en Conrad bars uit van die lag en skree vir Rooies wat soos 'n wafferse *Cowboy* op 'n wilde perd sit. Die rivier word breër en die stroomversnellings bedaar. Gert en Conrad stap op die wye sandoewer en bereik na 'n wyle Rooies waar hy op die rivierwal sit en rus.

"Dankie tog, ouens, ons is almal veilig. Dinge kon erg skeefgeloop het toe die vlot omkeer," sug Gert.

Rooies pluk sy deurweekte klere uit en sprei dit oor die wal om te droog. " Ja, en daar gaan ons mooi vlot ook."

Die drie vriende sit vir 'n wyle in die son en bak terwyl hulle klere droog word.

Gert staan op, "Oukei, *boys*, nou moet ons maar met die oewer langs stap en kyk waar kom ons uit. As Rooies se teorie reg is, behoort ons by die kamp uit te kom."

Die son sak vinnig agter die berge en donker skadu's val oor die vallei. Die drie vriende stap al langs die oewer. Naderhand is dit sterk skemer en hulle moet kort-kort oor rotse en slote klouter. Die rivier maak 'n wye draaie en almal sien gelyktydig die ligte van die mynerskamp in die verte.

"Ons is naby, ouens," sê Conrad. "Ons sal nou baie versigtig moet wees om nie gesien te word nie. Ben en sy trawante weet natuurlik ook nie waar ons op die oomblik is nie."

"Ek hoop net Liesel is veilig, ek is bekommerd oor haar, want sy het definitief seergekry," sê Gert.

Dit is nou stikdonker en dis onmoontlik vir hulle om 'n weg te vind. Hulle besluit om onder 'n sandwal langs die oewer te oornag.

Hoofstuk 14

Ben laat die helikopter stadig afsak na die landingsarea wat tussen die bome skoongemaak is. Die rotorlemme kom tot stilstand en Ben spring uit. Hy maak die ander deur oop en help Liesel uit klim. Haar voet en enkel is erg geswel en die nat bloed kleef aan die strook Denim wat sy om haar enkel gedraai het.

"Wat gaan julle nou met ons doen, Ben? Ons het onskuldig hier in die valleie beland en julle het ons gevange geneem en soos arbeiders laat werk."

Ben weet dat hy nie 'n antwoord het nie. Wat gaan hulle met die vier jeugdiges aanvang. Hulle weet te veel en het te veel gesien. Hy sal maar met Neels en Bruce beraadslaag. "Ons sal besluit oor julle lot."

Bruce, Neels en Jakes, stap Ben en Liesel tegemoet. Hulle het die helikopter gehoor en by die landingsplek tussen die bome, gewag.

"Die laaities is weg, hulle het Jakes katswink met 'n plank geslaan en hom in die hut toegesluit. Ons weet nie waar hulle nou is nie," Neels kyk fronsend na Liesel wat aangehop kom.

Jakes voel skuldig en verleë. Hy vertel aan Ben hoe die seuns hom oorreed het om die hut oop te sluit en hom dan oorrompel het.

Liesel luister aandagtig en voel verlig dat haar vriende ook ontsnap het, maar waar is hulle nou? Sy merk dat Bruce met 'n frons na haar enkel en voet kyk wat met 'n bloedbesmeerde stuk materiaal toegedraai is.

"Het jy die *girl* geskiet, Ben? Waarom bloei sy?"

Sy val Ben in die rede voordat hy kon antwoord. "Nee, Bruce, ek het op die rotse by die rivier gegly en my voet en enkel beseer."

Is daar 'n menslike sy in Bruce te bespeur? Is hulle almal sleg, misdadigers? Hy het hulle immers nog altyd goed behandel. Kan Liesel 'n mate van deernis in Bruce se oë bespeur?

"Sy het op my geskiet. Hulle het die heeltyd 'n pistool in hulle besit gehad en kon ek betyds die ding by haar afneem voordat sy my kon skiet." Ben is windmakerig en haal die pistool uit sy sak. "Kyk, 'n 9 millimeter-*Parabellum*, sy kon my doodgeskiet het."

Hulle stap na die kamp en sit onder die afdak. "Ons moet kyk na die *girl* se beserings, sy kan nie so bly loop nie. Die wond kan septies raak en sy kan haar voet of been verloor."

Chris lig Liesel se been en draai die deurweekte lappe af. Die wond is oop waar die skerp klip haar gesny het en bloed sypel vrylik daaruit.

Neels keer terug met 'n noodhulpkis. Bruce ontsmet die wond, smeer antibiotiese salf daaraan en verbind haar enkel met skoon verbande.

Liesel is dankbaar en glimlag vir die eerste keer in weke. Wat gaan nou volgende gebeur met hulle klompie? Die vraag bly honderde kere in haar kop maal.

"Sy moet in die tent op die opslaanbed slaap, die hut is te koud."

Bruce help Liesel regop en stap saam met haar tot by 'n tent wat langs die myners se tente opgeslaan is. Daar is 'n opslaanbed met warm komberse en Liesel sak uitgeput en moeg daarop neer.

Ben hou die hele petalje dop en 'n onrustigheid oor Bruce se lojaliteit teenoor Liesel, maak hom bekommerd.

Bruce sien die lig in Ben se oë en sê: "Die *girl* moes aandag kry. Ons is nie diere nie en sy kon haar been verloor het."

Ben knik sy kop en maak 'n blik bier oop. Hy neem 'n lang teug en sit agteroor. "Oukei, *boys*, ons het 'n probleem. Ek dink ons werk is klaar hier, maar wat doen ons met die *kids*?"

Neels knik instemmend. "Ja, en die vraag is, waar is die ander drie ouens?"

Die vier myners bespreek tot laat wat hulle te doen staan. Die feite is, die drie seuns is nog op vrye voet. Liesel is beseer en sy moet hulp kry. Hulle werk is afgehandel. Die rivier lewer nie meer noemenswaardige spoelgoud nie en hulle moet vinnig oppak en padgee. Laastens is die feit dat 'n soekgeselskap een of ander tyd na die kinders sal begin soek.

Liesel lê op die opslaanbed en hoor 'n geskuifel buite die tent. Sy sit regop. Wie of wat is dit? Haar hart bons. Sy het nie meer Rooies se pistool nie en is weerloos. Dit is reeds stikdonker buite, maar hulle het haar darem van 'n battery lamp voorsien.

Daar is 'n fluisterstem by die tent se ingang: "Liesel, maak oop, dis ek, Bruce, moet nie hard praat nie."

Sy trek die ritssluiter van die tent oop. Bruce skuifel binne met 'n metaalbord vol kos en 'n beker koffie. "Sjuut! moet nie hard praat nie! Eet gou en luister wat ek sê."

"Ek wil jou help om weg te kom. Ons het vroeër besluit dat ons môreoggend padgee en alles net so los. Toe ek vra wat van julle, toe trek Ben en Jakes net hulle skouers op. Dit blyk dan dat ons julle netso in die vallei gaan los."

Liesel verslind die bord kos, neem 'n sluk koffie en kyk met trane in haar oë na Bruce. "Dankie, Bruce, maar ons kan nie padgee as ek nie weet waar my drie vriende is nie."

"Ek weet dit, maar jy het 'n kans om weg te kom. As ons julle alleen hier agterlaat, is julle kanse nul. Ek wil sorg dat jy weer by jou mense uitkom"

"Hoe gaan ons ontsnap, Bruce? En waarom doen jy dit en wat van Ben en die ander drie?"

Bruce kyk na Liesel, sy gesig strak in die lig van die lamp. "Ek het ook kinders. Ek en my vrou is jare gelede geskei. My werk orals in die land het nie gewerk nie en my vrou het my gelos. My twee dogters is iewers in Engeland en ek mis hulle baie. Ek is lankal moeg vir Ben en sy skelmstreke en wou al lankal wegkom."

"Dankie, Bruce, wanneer beplan jy dat ons vlug?"

"Môreaand. Wees gereed so teen tienuur se kant. Ben en die ander twee slaap gewoonlik daardie tyd. Ek sal sorg dat ons genoeg kos en water het vir die tog wat voorlê."

"Gaan ons terug deur die grot, waarmee ons die vallei bereik het?"

"Jy praat van die grot-ingang agter die waterval? Nee, daar is nie meer 'n deurgang nie, ons het die deel waar die muur ingeval het, met dinamiet opgeblaas. 'n Groot deel is nou totaal versper. Nee, daar is 'n ander uitgang wat ek toevallig ontdek het. Dis gevaarlik maar dis die enigste ander uitweg uit die vallei."

Bruce kruip uit die tent en verdwyn in die donker. Sy plan is agtermekaar, môreaand is D-dag, dan verlaat hy ook die kamp.

Liesel kan nie aan die slaap raak nie. Môre is haar enigste kans om weer by die huis te kom, maar waar is Gert en die ander? Kan sy vir Bruce vertrou, of is dit 'n lokval? Sy glo nie so nie, hy lyk betroubaar en waarom sal hy sy lewe in gevaar stel om haar te help ontsnap.

Sy raak uitgeput aan die slaap en droom van goud, helikopters, riviere en grotte.

Hoofstuk 15

Die opkomende son gooi 'n streep lig op Liesel se gesig. Sy sit regop en wonder vir 'n wyle waar sy is. Dan tref dit haar: die skermutseling in die grot met Ben, die helikopterrit na die kamp en Bruce se plan die vorige aand.

Sy staan op en grawe die laaste skoon klere uit haar rugsak. Die stort geriewe in die sinkgebou is darem aanvaarbaar as gevolg van 'n gas geiser. Die pyn in haar enkel en voet is nou meer draaglik en sy stap na die lapa waar Ben en die ander ontbyt voorberei. Sy hou haar eenkant en merk die verontwaardigde uitdrukking op Ben se gesig.

Sy is 'n doring in hulle vlees en Ben weet nie wat hom te doen staan nie. Sy lei af van hulle gedempte stemme dat daar beplan word om die delwery bedrywighede op te skop en pad te gee uit die vallei.

Deur die loop van die dag word dele van die kamp afgetakel. Dit het maande geneem om al die geboue op te rig en toerusting in te vlieg. Liesel kry die idee dat hulle die meeste van die kamp net so gaan los.

Bruce maak geen kontak met haar nie en gaan doodluiters voort om toerusting af te takel en bymekaar te maak.

Die dag verloop stadig en Liesel verwyl die tyd deur by die rivier te sit en die myners dop te hou. Haar gedagtes bly egter by haar drie vriende. Hulle het na haar gaan soek, maar waar is hulle nou en wat gaan met hulle gebeur as hulle hier agtergelaat word?

* * *

Gert, Conrad en Rooies raap hulle rugsakke op en begin om al langs die rivieroewer te stap. In die verte blink die son op die sinkgeboue van die kamp, maar dis te ver om enige bedrywighede waar te neem.

Teen laatmiddag bereik hulle die breë sandbanke van die rivier waar dit vlak is en die spoelgoud gedelf word. Hulle bespied die kamp van agter rotse en bome en merk dat daar gewerskaf word.

"Wat de duiwel doen die ouens? Dit lyk asof hulle besig is om op te pak!" fluister Conrad.

"Ja," beaam Gert, "maar ek sien geen teken van Liesel nie." 'n Beklemming pak Gert beet en hy voel asof dit sy keel wil toedruk. "Liesel, Liesel, waar is jy?"

Hulle beweeg al nader aan die kamp en bly net buite sig van enige beweging. Dit raak nou vinnig donker en hier en daar begin lampe die area verlig.

"Goed, ouens, wat nou volgende? Is Liesel in die kamp of nie? Ek dink ons wag tot heelwat later en bespied dan die kamp," sê Gert.

Hulle besluit op 'n aksieplan en skuil agter die sandbanke van die rivier, van waar hulle 'n goeie uitsig oor die kamp het. Die vier tente van die myners, is langs mekaar en hulle merk dat daar 'n kleiner tent 'n ent weg van die ander tente opgeslaan is.

"Daar is beweging in die klein tent, ouens. Is dit dalk Liesel? Die ander vier tente is vir Ben en sy bende, so dit kan heel moontlik Liesel se tent wees,"

84

Gert is opgewonde en kan nie wag om op te vlieg en ondersoek in te stel nie.

Die tyd sleep stadig verby. Die volmaan kruip agter die bergpieke uit en verlig die vallei in 'n silwer glans. Die ligte in die tente verdoof een na die ander en 'n stilte daal neer oor die mynkamp.

Gert staan op, raap sy rugsak op en klouter teen die wal uit. Sy vriende volg hom en hulle sluip gebukkend nader. Meteens is daar beweging by een van die tente. Hulle vries en val plat op die grond. 'n Persoon klouter uit die tent en sluip na die klein tent wat eenkant opgeslaan is.

Met opgehoue asems, hou Gert en sy twee vriende die beweging dop. Die man sluip tot by die klein tent, trek die tentklap oop en klim binne. Na 'n wyle klim twee figure uit en loop gebukkend na die rivieroewer.

"Dis Liesel!" Gert moet keer om nie hardop te gil nie. Wie is die man wat saam met haar is en waarheen gaan hulle?

"Dis Bruce en Liesel, hy is die grootste van die vier myners," voeg Conrad by.

"Kom, ouens, ons moet hulle agtervolg. Liesel loop mank, sy het beslis 'n besering aan haar voet of been." Gert voel hulpeloos omdat hy niks aan die situasie kan doen nie.

Bruce en Liesel stap nou op die sandbank langs die rivieroewer. Na 'n wyle, skakel Bruce 'n flitslig aan en kan hulle vinniger oor die weg kom. Die seuns volg op 'n veilige afstand.

"Dink julle dat Bruce haar dalk help ontsnap? Hulle volg die rivier stroomaf. Is daar dalk 'n ander uitgang deur die berg?" fluister Rooies.

Sal Bruce en Liesel dalk ontsnap? Die gedagte is nie so vreemd nie. Bruce is agter alles die enigste van die vier myners wat ordentlik teenoor hulle was. Wil hy ook nou padgee?

Gert neem 'n besluit. Hulle moet hulleself nou sigbaar maak, wat ook al die rede vir Bruce en Liesel se oënskynlike ontsnapping is.

Die drie seuns draf gebukkend oor die sand nader aan Bruce en Liesel. Toe hulle binne hoorafstand is, roep Gert met 'n gedempte stem na Liesel.

Bruce en Liesel steek vas en vlieg om. Die skerp ligstraal van Bruce se flits val op die drie vriende wat aangedraf kom.

Liesel hardloop mank-mank na haar vriende en omhels hulle terwyl trane vryelik oor haar wange stroom. Bruce stap nader en hulle word vlugtig ingelig oor die beplande ontsnapping. Liesel lewer 'n weergawe van haar avontuur vandat sy by die kamp weg is en Bruce vertel waarom hy vir Liesel help ontsnap, asook waarom hy van die ander myners wil wegkom.

"Goed, ouens, dis 'n taamlike ver en moeilike roete wat ek wil volg. Ons moet probeer om so ver moontlik te vorder terwyl dit nag is. Wanneer Ben, Neels en Jakes agterkom dat ek en Liesel weg is, moet ons al baie ver gevorder wees."

Die groep stap so vinnig as wat Liesel in staat is met haar besering. Die skerp lig van Bruce se flits gooi 'n wit straal oor die sandbanke van die rivieroewer.

Die volmaan wat nou hoog in die hemel sit, dra ook baie by dat hulle uitsig beter is.

Onweerswolke het gaandeweg opgesteek en die maan se helder lig versper. Donderslae en blitse vul die lug bokant die vallei en groot druppels reën sak uit.

"Ons moet vinnig skuiling vind!" skree Bruce. "Ons moet ook weg kom van die rivieroewer af. Die reën wat in die vallei val, gaan gewoonlik gepaard met kitsvloede, soos wat die water die berge afstroom en die rivier se walle oorstroom."

Hulle klouter hoër, weg van die rivieroewer af. Die reën sak nou met alle geweld uit en 'n sterk wind steek op. Agter 'n rotsbank wat gedeeltelik oorhang, vind hulle skuiling teen die gietende reën en wind.

Die reën bedaar na sowat 'n halfuur en meteens hoor hulle die geruis van water. Die rivier oorstroom sy walle en golwe van bruin modderwater voer allerlei boomstompe, gras en plante mee.

"Ons het nou 'n probleem," sê Bruce. "Ons sal vorentoe die rivier moet oorsteek om by die grot-opening te kom. Ons moes eerder vroeër die rivier oorgesteek het, maar dit is baie moeilik om in die area te loop, omdat dit baie ruig is."

Hulle stap verder, bokant die rivier wat nou in 'n maalstroom van siedende water ontaard het. Die wolke dryf gaandeweg oor die bergpieke en die volmaan skyn helder oor die vallei.

"Hoe het jy die ander uitgang ontdek?" vra Gert.

Bruce verskuif sy swaar rugsak na sy ander skouer en antwoord. "Destyds, toe ons begin het om die kamp op te rig, het ek soms vir 'n week alleen hier in die kamp agtergebly, terwyl Ben en die ander twee toerusting bymekaargekry het en met die helikopter ingevlieg het. Ek het solank die tente, hutte en kamp begin opslaan. Op 'n dag het ek die vallei verken en met my verkyker na 'n opening op die berg gekyk. Ek weet nie of dit wel 'n grot-opening is nie, sal maar sien as ons daar kom."

"Weet net jy daarvan?" wil Conrad weet.

"Ja, ek het nie vertel nie."

"Nou hoe gaan ons weet waar die grot uitmond?" vra Liesel.

Bruce trek sy skouers op. "Daar is heelwat sytonnels in die grot waarmee julle ingekom het. Die ingang, as daar een is, behoort iewers in die grot aan te sluit. Van daar is dit terug na die opening agter die waterval."

"So, jy was nog nie fisies by grot-opening nie?" Gert is skepties en hoop dat Bruce hulle hier uit die vallei sal kry.

"Nee, ek het dit met my verkyker bespied. Dit moet 'n opening wees, want vlermuise fladder in en uit. Daar is ook 'n ou murasie naby die opening. Ons sal maar kyk hoe lyk dinge as ons daar kom."

Skielik gee Liesel 'n harde uitroep van pyn en sit op die grond. Sy hou haar enkel, waaruit bloed weer begin sypel, vas. Die stap en klimmery oor die rowwe terrein, het die wond weer laat bloei. Sy sukkel orent, maar sit weer.

Gert buk af, rol die verband wat Bruce omgedraai het af, en kyk na die wond. Hulle sal moet hulp kry, gou ook. As die wond septies raak, kan Liesel ernstig siek raak en selfs haar voet verloor. Bruce haal nuwe verbande uit sy rugsak, ontsmet weer die wond en draai dit styf toe.

"Ons sal haar moet dra, die gewig op haar been is nie goed nie. Ek dink ons maak 'n kruk, sodat sy daarop kan leun en die gewig van die been af hou," sê Gert besorg.

Gert en Bruce breek 'n stewige, reguit tak van 'n boom af, stroop die kleiner sytakke, maar los die boonste tak wat dus 'n T vorm. Die reguit en die T-sytak word nou in die regte lengte afgebreek. Gert skeur een van sy T-hemde in repe en draai dit om die boonste deel van die kruk. Dit is nou 'n rowwe, natuurlike kruk waarmee Liesel nou gemakliker oor die weg kan kom.

Die lig aan die ooste verkleur geel wat 'n nuwe dag aankondig. Na 'n wyle steek die son se eerste strale oor die bergpieke en verkleur die vallei in helder sonlig.

"Ons is nou naby. Die grot-opening is in lyn met die groot boom wat naby die rivier se wal groei."

Conrad trek sy mond op 'n plooi. "Ja, maar ons sal eers deur die rivier moet kom ..." Hy kyk na die sterk stroom water wat nog deurentyd die walle oorstroom.

Hulle klouter af na die oewer en kyk na die golwende water. Hoe gaan hulle die rivier oorsteek? Hoe gaan Liesel met haar besering oor kan kom?

"Het jy 'n tou in jou rugsak, Bruce? Ek het 'n plan," sê Gert.

Bruce haal sy rugsak af en grawe daarin. Hy glimlag en haal 'n dun, maar sterk, nylontou uit.

"Ek het vir alles gesorg, net nie vir hamburgers nie!"

"Goed, ons moet die tou oorkant die rivier kry. Gert, sien jy kans om met die tou oor te swem?"

Gert is die kampioenswemmer van die skool. Hy staan nader en wonder oor die taak wat vir hom voorlê.

"Goed, ek sal 'n ent stroomop inspring. Daar is minder rotse en sodoende sal ek nie te ver met die stroom afgevoer word nie."

"Reg, dis dan wat ons doen Ons maak die tou vas aan die groot boom teen die oewer. Jy vat die ander punt, stap stroomop tot waar jy wil inklim. Swem deur, trek die tou styf en bind dit vas aan die boom aan die oorkant."

Die tou se een punt word aan die boom vasgebind. Gert neem die ander punt, stap 'n ent stroomop en klim in die rivier. Die stroom is sterk en hy word geleidelik stroomaf gedruk. Hy beur met sterk hale deur die vuil water en na 'n wyle klouter hy aan die anderkant uit.

Hy bind die tou aan die boom oorkant vas. Die tou span nou oor die rivier en kan die rivier makliker oorgesteek word deur aan die tou vas te hou, sonder dat die sterk stroom iemand meesleur. Hulle klouter aan die ander kant uit en help Liesel om bo-op die wal te kom.

Die roete wat hulle volg, is steil, klipperig en bebos. Gaandeweg beweeg hulle teen die berghang uit. Liesel beur met moeite voort, die pyn in haar voet en enkel knaend.

Bruce klouter bo-op 'n rots wat bokant die ander rotsformasies uitsteek. "Dis van hier af dat ek die grot-ingang deur my verkyker gewaar het. Die son val nou mooi teen die berg en ons behoort dit maklik te sien.”

Gert, Conrad en Rooies, klim ook bo-op die rots en kyk met Bruce se verkyker na die berghang. Die gapende skeur tussen die kranse is duidelik te sien. Gert se verkyker het in die slag gebly toe die vlot in die stroomversnelling, omgekeer het.

Die duidelike tekens van 'n ou murasie wat teenaan die berghang, naby die grot-ingang geleë is, is ook deur die verkyker waarneembaar.

Na 'n wyle bereik hulle die vergane murasie. Mure, gebou van gekapte klip, troon die lug in. Oral is oorblyfsels van vertrekke, sale, trappe en torings. Die atmosfeer is onheilspellend en dis asof die geeste van lank vergane inwoners nog tussen die murasie sweef.

“Wie sou hier gewoon het?” Liesel verwonder haar aan die fyn bouwerk en detail.

“Ja, waar en hoe het die inwoners uitgestorwe geraak?” sê-vra Rooies, nou baie belangstellend. “Dis amper soos die *Inkas* wat net van die aardbol af verdwyn het.”

Hulle staan vir 'n wyle en kyk na 'n geboude konstruksie wat duidelik 'n oond simboliseer. Klei-afdrukke van beelde, eetgerei en allerlei vorms, lê gestrooi oor die klipvloer.

“Hierdie mense het die kennis om 'n smeltery te behartig. As ek dit nie mis het nie, sal ek sê hulle het ruwe metaal gesmelt en dit in vorms gegiet.” Bruce kyk na 'n kleivorm wat moontlik 'n borsharnas kan wees.

Die stilte word skielik verbreek deur 'n bloedstollende kreet. Dit weergalm teen die mure en kranse aan die oorkant en hang vir 'n wyle in die lug. Verward kyk die groep na mekaar. Wie of wat was dit?

"Daar!" gil Rooies en wys na die bokant van 'n toring wat gedeeltelik ingetuimel het.

Hulle koppe swaai na waar Rooies beduie. Die duidelike beeld van 'n kryger, geklee in 'n blinkende harnas, velle, vere en krale, met spiese in sy hande, staan afgeëts teen die lig. Sy metaal masker blink teen die son en weerkaats teen die mure. Die volgende oomblik is die beeld weg. Was dit eg, of 'n hersenskim?

"Sjoe, dis spokerig. Was dit regtig iemand of nie?"

Liesel kyk stip na die plek waar die beeld verskyn het. Daar is niks, slegs die stene van die toring swyg. Die stilte word weer onderbreek deur die knaende gesing van sonbesies.

Vrae, vrae en nogmaals vrae is op hulle gesigte te lees. Wie is die kryger, waar kom hy vandaan?

Die kranse skiet die lug in soos skerp naalde. Hulle klouter verder oor rotse en dan is die grot-opening voor hulle. Die opening is laag en hulle moet gebukkend inkruip. Die grotvloer is bedek met bene van een of ander dier en vlermuismis lê in hope. Die grot eindig 'n ent verder. Dis 'n doodloopstraat en daar is geen verdere opening of deurgang nie.

Teleurgesteld draai die groep om. Bruce se grot is nie 'n deurgang na die buitewêreld nie. Waarheen nou? Die spanning is op Bruce se gesig te lees; hy sal 'n uitweg moet vind, kom wat wil.

Conrad steek vas, buk af en kyk na iets wat hy in die sonlig wat by die grot-opening, inskyn, waarneem.

"Kyk hier, ouens, hier is tekens van 'n vuur. Iemand was al in die grot." Hy krap deur die as wat in 'n hoop tussen klippe lê.

Hulle gedagtes keer terug na die visioen in die murasie. Is hy dalk die enigste lewende inwoner wat hier gevestig was? Hulle loop terug na die murasie. Hulle hoop is nou op Bruce gevestig, wat staan hom nou te doen?

Liesel is moeg en sit op 'n hoop klippe in een van die vertrekke, terwyl die res die plek verken. Sy merk dat die vloer van die vertrek uit gladde klippe bestaan. Dit lyk na 'n growwe teëlvloer en sy wonder hoe die inwoners die klippe so netjies kon bewerk en ingelê het.

Liesel frons, staan op en stap na die oorkantste muur. 'n Deel van die vloer is hoër as die res en die duidelike afbeelding van 'n sirkel is waarneembaar. Sy buk af en krap met 'n stok om die rand van die sirkel op die vloer. Haar hart bons, wat is dit die?

Sy roep na Gert wat vinnig aangestap kom. "Kyk hier, Gert, daar is duidelik 'n naat of opening tussen die sirkelvormige stene en die res van die vloer. Dit lyk na 'n deksel."

Gert buk af en voel met sy vingers. Daar is 'n duidelike spasie tussen die stene waarneembaar. Conrad, Rooies en Bruce kom ook nuuskierig nader. Die vloer is bedek met dik lae sand en onkruid. Gert vee die sand eenkant en dan sien hulle dit: die afbeelding van 'n luiperdkop wat op die deksel uitgekap is.

"Daar moet 'n opening of ingang hier onder wees."
Rooies borrel oor van opgewondenheid.

Hulle krap nog sand en grond weg en dan sien hulle die opening aan weerskante van die klipdeksel. Die openinge is ovaalvormig, sodat 'n persoon se hande daarin pas. Bruce druk sy hand een kant in en Gert by die ander kant. Hulle trek en steun en kreun en dan skielik lig die deksel.

Met moeite rol hulle die ronde klipdeksel eenkant. 'n Donker opening, waaruit bedompige lug styg, begroet die verbaasde groep. Bruce lig met sy flits in die opening. Dis die opening van 'n vierkantige tonnel. Trappe wentel afwaarts, die dieptes in. Waarheen lei dit? Die vraag brand op almal se lippe.

Hoofstuk 16

Ben strek homself lui-lui uit in sy slaapsak. Hy reik na 'n pakkie sigarette, steek een aan en blaas die rook deur sy neusgate. Hy leun terug en dink aan die huidige situasie. Die kamp is byna opgebreek en hulle sal net die belangrikste toerusting met die helikopter uitvlieg na Neels se kleinhoewe.

Daar is egter 'n knaende hindernis wat telkemale by hom spook. Die meisiekind. Wat gaan hulle met haar aanvang? Sy kan nie alleen hier agtergelaat word nie en dan is daar nog die drie seuns wat verdwyn het. Waar de duiwel sal hulle wees?

Dit hinder hom ook dat daar binnekort 'n soektog van stapel gestuur word. Voor dit gebeur, moet hulle weg wees. Liesel sal maar saam met hulle moet vlieg. Sy kan dalk by die vakansieoord agter die berge afgelaai word. Dink klink vir Ben na 'n idee. Laai haar af en verdwyn dan vinnig met die helikopter. Voordat iemand nog wonder wat aangaan, is hulle weg.

Hy staan op, lig die tentflap op en strompel na buite. Neels, Jakes en Bruce lê seker nog en snork. Daar is ook nog geen beweging by Liesel se tent nie. Hy steek 'n gasstofie aan en kook water vir koffie. Na 'n wyle kom Neels en Jakes ook uit hulle tente gekruip. Die reuk van koffie het hulle seker laat lewe kry.

"Slaap Bruce nog?"

Neels kyk na Bruce se tent waar geen beweging te bespeur is nie. Jakes loop na Bruce se tent en pluk die tentflap oop. Hy kyk met verbasing na binne en roep na Ben en Neels.

"Bruce is nie hier nie! Hy merk ook dat Bruce se rugsak weg is.

Ben en Neels hardloop nader. Hulle kry hond se gedagtes en hardloop na Liesel se tent.

"Sy is weg, die meisiekind is weg!"

Ben se asemhaling is kort en sy hart klop teen sy ribbes. Hier is moeilikheid.

"Dink jy hy en Liesel het ontsnap? vra Neels.

Ben steek 'n sigaret aan en krap sy kop. Dis moontlik, ja, maar waar sal hy heen gaan? Daar is geen deurgang vanaf die grot agter die waterval nie, ons het die gedeelte van die muur wat ingeval het, opgeblaas met dinamiet. Die ontsnaproete by die opening waar die helikopter staan, is ook taboe, omdat die terrein agter die berg heeltemal ontoeganklik is."

"Ek het nog die hele tyd my bedenking oor Bruce se lojaliteit gehad."

Ben skiet sy sigaretstompie eenkant en swets. "Goed, wat ook al die situasie is, ons moet hulle gaan soek."

Hulle draf na die helikopter wat op die skoon gemaakte landingsplek in die kamp staan. Ben skuif agter die kontroles in, sit oorfone op sy kop en skakel die tuig aan. Die rotorlemme draai vinniger en die tuig styg op. Hulle vlieg laag in 'n wye draai oor die kampterrein. Die deure van die helikopter is oopgeskuif en Neels bespied die area met 'n verkyker.

Jakes sit rustig agteroor en klou aan sy haelgeweer. Neels dra die vuurwapen wat Ben by Liesel afgeneem het en Ben is ook in besit van 'n pistool.

Ben vlieg in sirkelbewegings oor die vallei, volg die rivierloop en laat die helikopter af en toe fladder. Daar is geen beweging te bespeur nie.

"Ek wonder of Bruce nie dalk weet van 'n ander deurgang uit die vallei nie. Hy is baie geheimsinnig en het dalk iewers 'n ander uitgang ontdek."

Ben draai skerp en volg die rivier stroomaf verby die kamp. "Hulle kan nie oor die berg klim sonder toerusting nie, so daar moet 'n ander deurgang wees."

"Daar dryf iets in die water," skree Neels bo die lawaai van die enjin. "Daar dryf metaaldromme in die rivier. Dit lyk soos brandstofdromme vir die *kopter*."

Die tuig hang bo die water.

"Hoe de duiwel sal die dromme in die rivier beland? Hier is snaakse dinge aan die gang. Ek wonder of dit nie die werk van die drie seuns is nie?" Ben lig die tuig hoër en vlieg verder stroomaf.

Neels lê op die vloer en bespied die area met sy verkyker, terwyl die helikopter 'n ent bokant die grond fladder.

"Ben, vlieg na die oorkant van die rivier, dit lyk vir my na die oorblyfsels van 'n murasie."

Ben vlieg in lae sirkels om die murasie.

"Oorblyfsels van een of ander uitgestorwe stam, dalk?" voeg Jakes by.

"Ja, amper soos die murasies van Zimbabwe. Ons kan net nêrens hier land nie, dis te ruig en ongelyk. Waar de duiwel sal Bruce en die kinders wees? Ek dink ons moet dalk oor die berg vlieg en die area daar bespied." Ben laat die tuig hoër klim en vlieg oor die bergpieke.

Die omgewing sal nou daar bespied word. Hulle tyd loop uit en die spanning is duidelik op hulle gesigte te lees. Een gedagte draai deur hulle koppe: die ontsnaptes moet ten alle koste gevind word.

Hoofstuk 17

Die trappe is uit sandsteenklip gekap en wentel steil afwaarts. Hulle is opgewonde en staar na onder so ver as wat die lig van Bruce se flits val.

"Sal ons kyk waarheen lei die trappe?" vra Bruce.

"Ja, beslis," kom dit uit een mond.

Bruce loop voor, gevolg deur Conrad, Rooies en Liesel. Gert volg die agterhoede om te keer dat Liesel nie struikel of val nie. Daar is nie relings nie, dis baie steil en smal en hulle trap versigtig om nie te gly nie. Hulle beweeg dieper en dieper, dit voel asof die trappe na die onderaardse dieptes onder die berg inlei.

"Na wat soos 'n ewigheid voel, eindig die trappe en open dit in 'n hoë en breë vertrek.

"Kyk hier, ouens." Bruce lig teen die mure wat uit soliede rots gekap is. Beelde, figure, diere en vreemde voorwerpe is teen die mure geverf.

Die flits se lig val skielik op die beeld van 'n kryger, geklee in 'n metaalharnas en gesigsmasker. Die geelkleurige metaal glinster in die skerp lig en reflekteer teen die oorkantste muur.

Gert voel aan die beeld wat met presisie uit klip gekap is. "Wie of wat is dit die? Is dit nie dieselfde figuur wat ons in die murasie gesien het nie?"

"Ja, beslis. Die metaal lyk vir my dan so baie na goud. Het die mense nie die kennis en toegang van goudontginning gehad nie?" beaam Conrad.

'n Opening is aan die oorkant van die vertrek. Warm, bedompige lug slaan hulle in die gesig, maar hulle kan nog vryelik asemhaal. Die tonnel se vloer is met klippe uitgelê en die mure is glad en is beslaan met geverfde voorwerpe en beelde.

Bruce laat val sy flits en die lig verdoof. Gitswart donkerte omhul meteens die groep .

"Nee, Bruce, skakel aan jou flits," skree Liesel benoud, terwyl sy krampagtig aan Gert klou.

Die flits is darem nie gebreek nie en die welkome ligstraal verhelder weer die vertrek.

"Ek dink ons is nou baie diep onder grond, die drukking is nou oorweldigend en die suurstofvloei raak minder." Rooies vee die sweet van sy gesig af.

"Ja, maar hier is tog 'n effense vloei van lug in die tonnel, 'n mens kan die trek voel." Conrad trek 'n vuurhoutjie en die vlam brand helder.

Die tonnel wentel geleidelik afwaarts, verder en verder, dieper en dieper. Die groep word meteens bewus van 'n ligskynsel ver voor in die tonnel. 'n Asemrowende gesig begroet hulle aan die einde van die tonnel: fakkels brand in houers teen die mure en werp flikkerende beelde teen die dak. 'n Troon beslaan met 'n geel metaal, staan in die middel van die vertrek. Die stilte is ondraaglik en slegs hulle asemhaling is hoorbaar.

'n Skerp sonligstraal val van bo af deur 'n nou spleet in die rotse en gooi ligkolle op die vloer. Daar is beweging in die half-skemer. 'n Figuur sluip gebukkend agter die troon uit, uiter 'n oorverdowende, bloedstollende gil en spring op die troon.

Bruce laat val die ligstraal van sy flits op die figuur. Dis dieselfde kryger wat hulle in die murasie gewaar het. Hy vertoon nog meer skrikwekkend van naby. Die metaal gesigsmasker is in die vorm van 'n luiperd se kop. Sy borsharnas is ook van dieselfde metaal. In sy hande dra hy spiese met metaal punte, asook 'n tipe strydbyl.

Die inboorling babbel in 'n vreemde, onverstaanbare dialek en beduie met sy arms.

Bruce laat sak sy rugsak en haal sy pistool daaruit. Die kryger se bewegings is onvoorspelbaar en hy moet gereed wees om homself en die kinders te verdedig.

Vir 'n wyle staar die kryger en groep mense na mekaar. Die kryger laat sak sy wapens en spring van die troon af. Hy lig die metaal masker van sy kop af en sit dit eenkant.

Met verwondering staar hulle na die kryger. Hy is baie oud. Lang, grys hare hang skouerlengte agter sy rug. Sy gesig is verrimpeld, sy oë is dof en moeg. Hy glimlag met 'n skewe mond waaruit tande ontbreek.

Bruce hou sy hand in die lug om 'n groet te suggereer. Die kryger doen dieselfde en babbel in sy vreemde taal.

Sal die man hulle deur die berg kan lei? Is daar 'n deurgang waarvan net hy weet? Waar is die res van sy mense, vrouens, kinders, soldate? Is hy die enigste oorlewende? Vrae, nogmaals vrae.

Liesel skuifel vorentoe op haar kruk. "Ons moet gebaretaal probeer, hom laat verstaan dat ons deur die berg na die ander kant wil gaan."

"Goed, probeer jy dit, Liesel," sê Gert.

Liesel trek die afbeelding van 'n berg op die sandvloer. Teken vier figure en 'n vyfde wat eenkant staan. Sy trek 'n pyl bo-oor die skets van die berg, Die kryger staar na die skets, terwyl sy na die vier figure wys en dan na hulleself. Sy wys na die vyfde en beduie na hom. Hy begryp en glimlag.

Die kryger draai om en beduie dat hulle hom moet volg. Gert tel die masker op en kyk met verwondering na die fyn detail. Hy gee dit vir Bruce, wat die masker besigtig.

"Ouens, hierdie is oorgeblaasde goud. Die stam het toegang tot goud en kan dit ook verwerk. Die oond wat ons gesien het, is waar hulle die rots gesmelt het en dan die goud herwin het."

Die kryger neem een van die brandende fakkels en stap deur 'n opening aan die eenkantse muur van die vertrek. Sy fakkel gooi spookagtige skadu's teen die mure en dak van die nou tonnel waarin hulle nou stap.

Die groep beweeg algaande dieper en dieper. Die drukking neem toe en sweet stroom teen hulle gesigte af. Die kryger staan skielik stil en lig met sy fakkel na 'n wye opening aan een kant van die tonnel. Die tekens en bewyse dat goud uitgegrawe word, is duidelik. Ruwe stutpale van hout versterk oral die dak waar die uitgrawings plaasgevind het.

Hulle stap 'n ent dieper in. Die geweldige rotsstorting wat een of ander tyd plaasgevind het, is waarneembaar. Die kryger beduie met sy arms van bo na onder wat simuleer dat die dak ingeval het. Hy wys na homself en beduie na die ingevalle area.

"Baie mense het hier vergaan. Was dit almal werkers wat goud uitgegrawe het, of het vrouens en kinders ook hier omgekom?"

Rooies tel 'n stuk rots op en bekyk dit in die lig van Bruce se flits. Hy wys dit aan Bruce.

"Ja, ek was reg. Dié is goud in sy ruwe, onverwerkte vorm. Die mense het baie kennis en weet hoe om goud te delf en te verwerk."

Dit word nou ondraaglik warm en dit voel asof die hitte in die tonnel ingeblaas word. Steeds wentel die tonnel dieper en dieper onder die aarde in. Hulle longe brand van die hitte en die pas word stadiger en stadiger.

Die gedruis het gaandeweg al harder en harder geword, terwyl die donkerte skielik verdwyn. 'n Angswekkende toneel doem meteens voor hulle op. Die tonnel eindig teen 'n loodregte afgrond. Hulle staar na benede; kokende lawa borrel en prut honderde meters ver onder in die dieptes. 'n Sterk swaelreuk styg uit die dieptes uit en vul die lug met die kenmerkende reuk. Vlamme en stukke brande rots skiet meters hoog deur die lug en val soms naby die groep mense wat in verwondering na die skouspel staar.

Bruce hou sy hande weerskante en afwaarts na onder, in die 'wat nou?' posisie en kyk na die kryger wat gehipnotiseerd na benede kyk. Het baie van sy mense ook hier 'n wrede dood gesterf?

Die kryger beduie dat hulle hom moet volg. 'n Smal pad kronkel langs die afgrond en hulle loop versigtig om nie 'n voet verkeerd te sit nie. Dit is so smal, dat hulle agter mekaar moet loop. Een kant is loodregte kranse en die ander kant is die kokende lawa, wat jou oombliklik sal verswelg indien jy daarin sou val.

Die pad wat hulle nou volg, kronkel geleidelik boontoe en gaandeweg beweeg hulle weg van die dieptes met kokende lawa.

"Wie sou nou kon sê dat daar vulkaniese bedrywighede in Suid-Afrika is?" sê Liesel.

"Ja, maar dit is nie aktief nie, so dit sal nie sommer uitbars in die tipiese vulkaan uitbarsting nie," voeg Rooies by.

Die groep bereik weer 'n opening wat in die donker dieptes verdwyn. Dit is nou en baie steil en hulle moet hande-viervoet vorentoe en boontoe klouter. Liesel knyp haar kruk onder 'n arm vas en kruip uitasem verder, gevolg deur Gert wat haar ondersteun.

Die kryger is oud, maar dit blyk dat hy gereeld hier rondkruip en weet waarheen al die grotte lei. Hulle bereik meteens 'n doodloop wat eindig teen loodregte rotse. Verward kyk hulle rond. Wat nou, eindig die deurgang hier? Het die kryger hulle om die bos gelei, of het hy ook dalk die pad byster geraak. Bruce lig met sy flits, waarvan die lig al hoe flouer raak. Dis 'n doodloop!

Die kryger se fakkel brand nog sterk en hy loop na die verste punt van die vertrek waarin hulle nou is. Hy hou sy fakkel na bo, en dan sien hulle die donker opening in die dak van die grot. 'n Loodregte skag skiet die donkerte in. Moet hulle daardeur kruip, na bo?

Die flikkerende lig van die fakkel val op uitgekapte merke teen die grotmuur. Hy druk sy hande en voete in die opening en klouter na die opening bokant hulle.

Gert bekyk die merke. "Dis hand- en voet-openinge. Dis seker deur die inboorlinge uitgekap. Ek dink ons sal in die skag na bo moet klouter deur jou hande en voete in die opening te druk en dan na bo te klim."

Die kryger lig sy fakkel na bo, en klouter rats teen die muur uit. Hy vat 'n stewige greep aan die fakkel en verdwyn in die skag. Die skag is eienaardig rond en glad, asof dit deur mensehande gebou is. Een na die ander klouter die groep na bo, deur van die hand en voetmerke gebruik te maak.

Liesel sukkel en kan nie met haar beseerde voet gemaklik klim nie. Gert knyp haar kruk onder sy arm in en ondersteun haar. Die klim is uitputtend en moeisaam en dit voel asof dit na nêrens lei. Hulle asems jaag, harte klop en sweet rol soos water van hulle lywe af.

Die skag wentel hoë en hoër, dit wil net nie eindig nie. Asof hulle gebede verhoor is, sien hulle lig bokant hulle. Die donker verdwyn en na 'n ruk stroom skerp, welkome daglig van bo af.

Hulle klouter uit die gat wat tussen rotse en plantegroei versteek is en kyk uit op berge en 'n helder stroom water. Hulle is op die bopunt van die waterval. Dit stort na benede in die poel aan die onderkant, waar die grot-opening agter die waterval verskuil is.

"Sjoe, ouens, wat 'n tog was dit nie. Ons was kilometers onder die aarde en het toe weer met die grot na bo geklim," sê Bruce. "Die grot kronkel van hier bo af, na die vulkaniese opening en dan al die pad na die geheime opening in die murasie."

Liesel sit en rus vir 'n wyle. Haar voet en enkel gee haar nou opdraande. "Ja, om te dink die kryger en sy stam moes die opening en deurgang lankal ontdek het."

"Ja, nou moet ons net die pad na onder kry om by die onderpunt van die waterval uit te kom," voeg Gert by.

Hulle word meteens bewus daarvan dat die kryger nie by hulle is nie.

"Daar is hy!" skree Liesel en wys na die rivier waar dit oor die afgrond stort, om die waterval te vorm.

Die kryger staan met sy arms uitgestrek, gee 'n lang gil wat teen die kranse weergalm en dan spring hy na benede. Die gil vervaag, 'n harde plons is hoorbaar en dan stilte. Die kryger wat hulle gelei het, is weg.

Die groep kyk na benede hoe die stroom water teen die krans afstort. Onder skitter die poel in die sonlig soos duisende diamante, maar die kryger is weg. Weg vir altyd?

"Kom mense, nou is dit afdraande. Ons moet kyk waar gaan dit die maklikste wees om af te klim," sê Bruce.

Hulle vind 'n gebied, stroomop, waar die terrein redelik toeganklik is om teen die berg af te klim. Gly-gly klouter die groep na benede. Hulle is uiteindelik uit die vallei en die nagmerrie wat daar afgespeel het. Dit raak donker en hulle besluit om die nag teen die berghang te oornag. Hulle vind 'n geskikte area waar dit darem gelyk is en slaan die tente op. 'n Vuur word gepak en Bruce haal gevriesde pakkies met wors en vleis uit sy rugsak.

"Wat is jou planne verder, Bruce?" vra Gert. "Ben en sy trawante gaan jou seker iewers opspoor, wat dan?"

Bruce krap in die vuur en kyk na die maan wat agter die bergpieke uitklim. "Moenie oor my bekommer nie, hulle sal my nie kry nie. Ek het lankal my planne in plek. Ek vat julle tot onder die berg by die kampterrein, dan is ek weg."

Die sterrehemel is 'n wit gewelf wanneer die groep vlugtelinge in hulle tente kruip vir 'n welverdiende nagrus. Wat sal die dag van môre bring?

Hoofstuk 18

Die volgende oggend is almal gestewel en gespoor vir die laaste tog. Dit sal nog sowat 'n dag neem om tot onder die voet van die berg te kom. Hulle hoop om die onderpunt van die waterval teen laatmiddag te bereik. Van daar kan hulle die roete volg om uiteindelik weer by die oorspronklike voetpad van die staproete aan te sluit.

Die veraf, naderende geluid van 'n vliegtuig of helikopter, laat hulle in vier spore vassteek. Hulle kyk in die lug en dan skielik, uit die niet, verskyn 'n helikopter oor die bergkruin en fladder stadig grondwaarts.

"Dink julle dis 'n reddingspan, dalk polisie ...?" Liesel is opgewonde en waai met haar arms.

Skielik val Bruce plat en skree. "Nee, dis Ben se helikopter, hulle kom ons soek! Ek dink dis nou tyd vir my om my eie pad te kies. Bly julle vier bymekaar en probeer om nie oop en bloot sigbaar te wees nie."

Bruce verdwyn tussen bosse en bome. Hy het die vier kinders tot hier gebring en nou kan hy seker maar verdwyn. Sy goeie daad is nou volbring. Gert, Liesel, Conrad en Rooies en hy, moet elk vir sy eie veiligheid sorg. Hy verkeer in groter gevaar as hulle, omdat hy Ben en sy trawante verraai het.

Gert, Conrad, Rooies en Liesel is nou weer op hulle eie. Hoe gaan hulle die helikopter ontduik? Soos verskrikte hase, skarrel die vier deur bosse, bome en gras. Die helikopter lig meteens hoër, draai skerp en duik dan skielik op die vier voortvlugtendes af. Hulle is gewaar - 'n oop teiken en daar is nie wegkom kans nie.

Die helikopter hang bokant hulle. Stof warrel en die wind van die lemme ruk aan hulle klere.

Die deure van die helikopter is oop en Neels en Jakes hang uit, vuurwapens op die kinders gerig.

"Lê plat, moenie opstaan nie, ons gaan land. Die een wat beweeg, word geskiet." Neels bulder oor die lawaai van die helikopterlemme.

Die terrein is te ongelyk om te land, maar Ben laat die helikopter 'n ent bokant die grond fladder. "Kom, laat julle inklim. Hou julle koppe laag en klim, maak vinnig!"

Verskrik word die vier in die helikopter gebondel. Die tuig lig hoër, draai skerp en vlieg weg van die berg af, waar al die drama afgespeel het.

"Waarheen, Ben?" skree Neels. Die wind fluit by die oop deure in en kommunikasie is moeilik.

"Ek dink ons vlieg na jou kleinhoewe, ons sal die *kids* vir eers daar aanhou. Ons tel die belangrikste toerusting op by ons mynkamp en vlieg dan terug na jou plot. Die *cops* sal binnekort na die *kids* begin soek, dan moet ons weg wees."

Die vier kinders sit doodstil, sprakeloos. Eindig die drama nooit nie? Wat gaan nou verder met hulle gebeur?

Na sowat 'n halfuur se vlieg, sak die helikopter en land op 'n oop stuk grond, teenaan 'n skuur op Neels se kleinhoewe. Die rotorlemme kom tot stilstand en Ben skakel die enjin af.

Ben en sy trawante spring uit en beduie dat die kinders moet uitklim. Neels skuif die staaldeure van die skuur oop.

"Kom julle, binne. Ons sal later besluit wat julle lot is."

Die deure word toegeskuif en gesluit. Die geluid van die helikopter is hoorbaar en dan verdwyn dit na 'n wyle.

"Ja, ouens, so hier is ons alweer toegesluit in 'n sinkgebou. Wat gaan hulle nou met ons aanvang?" Gert kyk in die halfskemer na die groot skuur waar hulle nou gevange gehou word.

"Ek wonder of hier ligte in die skuur is?" vra Conrad en voel teen die mure of hy nie 'n ligskakelaar kan vind nie.

"Aa, hier is 'n skakelaar!" Conrad druk die skakelaar en rye buisligte flikker-flikker teen die dak en brand dan helder.

Liesel kyk rond in die groot en hoë skuur waarin hulle nou is. "Die skuur is massief, ek dink hulle bêre die helikopter hier."

Staaldromme staan in rye langs mekaar, die vlambare vloeistof-teken 'n bewys dat dit brandstof is. Kabels en kettings hang van bo af en staal werksbanke is teen een muur. Gasbottels, sweismasjiene, gereedskapkaste en allerlei onderdele en metaal lê verstrooi op die sementvloer.

"Waar dink julle ouens is ons?" vra Rooies. "Die *kopter* het vir sowat 'n halfuur gevlieg voordat dit geland het."

"Dit het vir my gelyk asof ons op 'n kleinhoewe of plaas ver buite die dorp geland het," sê Conrad.

"Goed, ouens, volgende stap. Ons moet hier uitkom en dan wegkom, voordat Ben-hulle terugkeer. Dit klink asof hulle die mynkamp opruim."

Gert voel aan die twee swaar, metaal skuifdeure.

"Dis van buite gesluit, maar ek dink ons behoort dit maklik oop te kry," sê Gert ingenome en stap na 'n staalgereedskapkas wat oop staan. Hy haal 'n fris industriële, *Bosch* boor uit. Op die tafel lê 'n verskeidenheid van staal boorpunte.

Gert rol 'n verlengingskoord uit, prop dit in en begin om gate in die rondte te boor, waar die deur se grendel vasgebout is. Conrad staan by met 'n stewige beitel en hamer. Na 'n klomp gate in die metaal geboor is, is dit net een harde hou nodig om die grendel en slot uit te slaan.

Hulle stoot die twee skuifdeure oop en stap uit. Hulle is vry, maar waar is hulle en waarheen nou?

"Ons moet wegkom van die plaas af, maar hoe? Hier moet 'n pad na die kleinhoewe lei, maar ons sal maklik raakgesien word as ons padlangs stap," sê Liesel besorg.

"Kom ons kyk verder in die stoor, dalk is daar motorfietse of ander rygoed," voeg Rooies by.

Hulle keer terug na die stoor en deursoek dit van hoek tot kant. Agter in die stoor, tussen 'n klomp rommel, onder 'n seil 'n toegetrek, vind Gert 'n ou afgeleefde *Land Rover*.

"Kyk hier ouens." Gert pluk die seil af en bekyk die groen, verbleikte voertuig. "Die wiele is nog hard, ek hoop net die ding sal vat."

Gert maak die deur oop en spring agter die stuur in. Die sleutels hang in die aansteking. Hy draai die sleutel en rooi ligte glim dof. Die brandstofnaald klim stadig tot by die halftenk merk. Hy druk die aansitterknop, die enjin draai 'n paar keer, skop blou bolle rook by die uitlaatpyp uit en loop dan rukkerig.

"Die ding loop, ouens, ons gaan wegkom. Ons ry tot waar dit gaan staan, dan loop ons verder," roep Gert opgewonde uit.

Rooies staan nadenkend en kyk na die groen *Land Rover*. "Alles wel, ouens, maar wat as ons nog so lekker ry en Ben en sy bende sien hulle groen *Landie* as hulle dalk terugvlieg. Ons gaan 'n dodelike prooi wees."

Liesel staan en kyk na 'n rak vol verfblikke. "Ek het 'n plan. Conrad haal daardie vyf liter blik met wit verf af."

Conrad haal die blik verf af en lig die deksel op.

"Dis PVA verf, uitstekend. Ons verf vinnig die dak en modderskerms met die verf. Dis PVA en word vinnig droog. Hier is baie verfrollers en -kwaste wat hier rondlê."

"Liesel, jy's briljant," Gert omhels sy meisie.

Hulle spring aan die werk en binne 'n paar minute met rollers en kwaste, is die *Land Rover* se kleur van groen na wit verander. Van 'n afstand af, sal die handgeverfde voertuig nie maklik gesien kan word as een wat 'n gedaanteverwisseling ondergaan het nie.

Hulle spring in. Met 'n gekrap van ratte, trek Gert weg. Hulle ry by die stoor uit en volg die grondpad wat na die kleinhoewe lei. 'n Ent weg van die stoor, ry hulle verby 'n woning wat met omheining toegekamp is.

"Dis seker hulle blyplek," sê Conrad en kyk of hy nie beweging gewaar nie, maar alles is doodstil.

"Jy het natuurlik nog nie 'n rybewys nie, Gert," sê Liesel glimlaggend.

Gert klou aan die stuurwiel wat ruk in sy hande, terwyl die voertuig oor die slaggate in die pad bokspring. "Nee, maar ek kan darem al bestuur. Ons sal seker nie verkeerspolisie op die stuk pad kry nie."

Die witgeverfde *Land Rover* dreun voort met stofwolke wat onder die wiele uitborrel. Na 'n paar kilometer, bereik hulle 'n T-aansluiting. Gert draai regs in die teerpad, die waarskynlikste rigting na die volgende dorp.

Hoofstuk 19

Ben laat sak die helikopter op sy landingsplek tussen die bome by die mynkamp. Hulle besluit om die store en sinkgeboue daar te los. Slegs die nodigste toerusting word stuk-stuk na die helikopter gedra.

"Ek dink dis nou alles wat van belang is. Die res moet maar hier agter bly en vergaan. Ons het in elk geval nie tyd om alles op te ruim nie," sê Ben.

"Wat de duiwel gaan ons met die *kids* doen, Ben? Dis 'n probleem waarvoor ek nie 'n antwoord het nie. Hulle weet te veel en het te veel van ons bedrywighede gesien en beleef. As hulle by die *cops* uitkom, dan is hulle baie vinnig op ons spoor." Neels soek antwoorde by sy broer, Ben.

"Kyk, hulle weet nie waar hulle is nie. Miskien moet ons hulle blinddoek en by die naaste dorp aflaai." Ben skakel die helikopter se enjin aan en styg stadig op tussen die bome.

Dit is die laaste vrag toerusting wat nou na Neels se kleinhoewe vervoer word. Die laaste besending spoelgoud sal ook nou in die versteekte kelder, onder die stoor, versteek word. Ben sal sy kontakte opspoor en die goud sal verwissel van eienaar. Die bedrae geld sal miljoene beloop en die drie vennote sal verdwyn.

"Waarheen dink julle ouens het die verraaier, Bruce, verdwyn? Hy het deurentyd geweet van 'n ander uitgang uit die vallei en het sy deel van die verkope van die vorige besending goud reeds gekry. Dis hoekom hy ons kon verraai en die kinders help ontsnap," sê Jakes.

"Ja, hy het soos 'n speld tussen die bosse en bome verdwyn toe ons hulle gewaar. Hy sal nie *cops* toe gaan nie, want hy is ook deel van ons bedrywighede."

"Ja, maar hy kan homself oorgee en ons drop, wat dan?" skree Neels bo die lawaai van die enjin en wind.

Ben laat sak die helikopter en maak 'n wye draai oor die pad wat na die kleinhoewe lei. Hy frons en volg vir 'n wyle 'n voertuig op die pad onder die helikopter. Dit lyk vir Ben na 'n wit *Land Rover*. Hy trek sy skouers op en daal na die landingsplek langs die stoor.

Die lemme kom tot stilstand en hulle spring uit. Neels is eerste by die twee deure wat wawyd oop staan. "Waarom staan die deure oop, Jakes, het jy dan nie die deure toegemaak nie?"

Hulle kyk na die twee skuifdeure wat wawyd oop staan.

"Die kinders het ontsnap, hulle het wraggies die slot en grendel van binne af, uitgeboor." Jakes tel die elektriese boor, wat nog aan 'n verlengingskoord gekoppel is, op.

Ben kyk na die slot en grendel op die vloer, swets en steek 'n sigaret aan. "Ons moes hulle vasgebind het, hulle is altyd besig om slim planne te maak. Hulle kan nie ver wees nie. As hulle pad gevat het, sal ons hulle maklik met die *kopter* kan opspoor."

Hulle besluit om gou die toerusting uit te laai. 'n Paar staaltrommels met gewaste en gedroogde spoelgoud, word in die stoor gedra.

Neels skakel die ligte aan en roep hard uit. "Wat de duiwel gaan hier aan? Hulle het sowaar die *Landy* gevat en weggery." Hy kyk na die seil wat eenkant op 'n bondel lê.

"En die?" Ben kyk agterdogtig na die blik wit verf, kwaste en rollers, wat op die vloer lê. Die *Landy* is wit geverf! Ek is seker ek het 'n wit *Land Rover* gesien ry, Hulle is baie, baie *clever*; ons is weereens uitoorlê deur kinders."

Hulle dra die trommels met goud na binne. Agter, in die hoek van die stoor, weggesteek onder kartonhouers, planke en stukke yster, is 'n staalplaat in die sementvloer. Hulle lig die deksel op. Sementtrappe lei na onder en loop uit in 'n vierkantige kelder. Staaltrommels is opgestapel teen die mure, miljoene Rand se goud is oor die afgelope maande herwin in die vallei en hiernatoe gebring. Die ondergrondse kontakte van Ben sal die goud kom inspekteer en miljoene Rande se kontant sal verwissel word. Wat daarna met die goud gebeur, is nie Ben en sy bende se bekommernis nie.

"Kom, kom, ouens, laat ons gou die goud aflaai en dan moet ons die *kids* gaan soek." Ben dra die laaste trommel met goud by die trappe af. Die staaldeksel word weer toegeskuif en die rommel bo-opgepak.

Hulle skuif die stoor se deure toe en spring in die helikopter. Ben vlieg laag bokant die grond; hulle teiken; 'n wit *Land Rover* met vier insittendes daarin.

✳✳✳

Die *Land Rover* dreun voort op die teerpad. Die rit is nou gemakliker en die meeste stof het by die vensters uitgewarrel.

Gert kyk fronsend in die truspieël en sluk. Die naderende voertuig is sonder twyfel 'n polisiebakkie. Hy ry 'n wyle agter die *Land Rover* en dan skielik, waarvoor Gert gevrees het, word flitsende blou ligte aangeskakel.

"Ons het geselskap, ouens, hier is 'n polisiekar agter ons."

"Maar dis mos goed, ons kan hulle alles vertel van die goudsmokkelaars en die drama waardeur ons is, sê Liesel opgewonde, "ons is dalk gouer by die huis as wat ons dink."

Die polisievoertuig beweeg tot langs Gert. Die polisieman beduie dat hy moet aftrek. Gert trek van die pad af en hou stil.

Die polisiebakkie hou agter die *Land Rover* stil. Skoensole knars oor die gruis. Een polisiebeampte stap rondom die *Land Rover* en kyk fronsend na die wit bakwerk, waaraan dik lae vaskleef. Iets is nie vir hom pluis nie, die verf lyk baie verdag. Hy trek met sy vinger oor die bakwerk en wit verf kleef daaraan vas. Hy kyk na die nommerplaat, stap na die voorruit en bestudeer die lisensieskyfie. Die konstabel stap terug na sy voertuig en praat oor die radio.

Die ander beampte klim ook uit die voertuig en stap na Gert, wat sit asof hy versteen is. "Jou lisensie, asseblief," vra hy met 'n sarkastiese grinnik op sy gesig, asof hy weet dié jongman het nie 'n rybewys nie.

Gert probeer om onskuldig te lyk en besef hulle moet nou saamspeel, dinge gaan nie uitwerk soos wat hulle vier beplan het nie.

"Ummm, nee, ek het nie 'n rybewys nie, maar ek kan verduidelik."

Die ander beampte keer terug van die polisiebakkie en loer in by die *Land Rover* na die vier tieners.

"Ja, soos ek gedink het. Die voertuig behoort aan 'n sekere meneer Neels Bruwer, dit is definitief gesteel. Dit lyk my hulle het die bakwerk probeer verbloem deur dit wit te verf."

"Klim uit. Het julle gedink dat julle hiermee gaan wegkom? Voertuig gesteel en ry sonder 'n lisensie." Hy kyk na die vier verwaarloosde tieners en wonder waar hulle vandaan kom.

"Ons kan verduidelik, asseblief, dis nie wat julle dink nie," probeer Gert nog 'n keer.

"Julle kan by die stasie verduidelik. Vir Eers, kom julle saam," snou een.

Die vier word na die polisievoertuig begelei en agter in die vangwa gebondel. Dit trek weg met skreeuende bande.

Die vier sit verskrik na mekaar en kyk. Gaan die drama dan net nie ophou nie?

Conrad wil uitbars van die lag. "Hier's ons weereens toegesluit, wat 'n onvergeetlike avontuur is dit nie?"

Die bakkie hou stil. Die twee beamptes spring uit, sluit die vangwa oop en begelei die verskrikte kinders na die stasie.

Die polisiekantoor in die klein dorpie is vuil en verwaarloos. Die sersant aan diens sit met sy voete op die toonbank en eet skyfies uit 'n kartonhouer; die olie maak 'n vetkol op die toonbank en 'n visreuk hang in die beknopte vertrek.

Die Sersant kyk met skrefies-oë en vraagtekens op sy gesig na die vier kinders wat voor hom staan.

"Voertuig gesteel en ry sonder 'n rybewys," sê die een konstabel en plons neer in 'n stoel.

Die sersant trek 'n bruin lêer nader, vee sy vetterige hande aan sy sakdoek af en sê : "Goed, laat ek hoor wat is julle storie."

Gert maak sy keel skoon. "Sersant, dis 'n baie lank en gekompliseerde storie …"

"Ek wil nie stories hoor nie, waar en wanneer het julle die voertuig gesteel?"

Gert skud sy kop … waar begin hy? Die dramas wat hulle die afgelope tyd deurgemaak het, kan nie op een bladsy neergepen word nie.

"Reg Sersant, ek vertel waarom ons die voertuig gesteel het. Ons vier het sowat twee weke gelede op 'n staproete toevallig op 'n grot-opening afgekom. Die grot het uitgemond agter die berge in 'n vallei. Vier mans wat spoelgoud herwin, het ons gevange gehou …" Gert vertel kortliks hoe hulle onder dwang moes werk, hulle ontsnappingspoging en hoe hulle uiteindelik met die *Land Rover* ontsnap het.

Die sersant sit sy pen neer en volg Gert se storie oopmond. Die twee konstabels sit ook penorent en kan hulle ore nie glo wat Gert alles kwytraak nie.

"Weet julle waar die manne die goud stoor en waar is die kleinhoewe van die smokkelaars?" wil die sersant weet.

"Ja, terug met die teerpad soos wat ons gekom het en dan links met die tweede grondpad. Daar is 'n woning en groot skuur op die perseel. Nee, Sersant, ons weet net dat hulle die goud per helikopter iewers heen vervoer. Hulle het ook, soos ek gesê het, 'n helikopter."

Die sersant staan op. "Konstabel Steyn, kry die meisie by die hospitaal, laat hulle na haar beserings kyk en laat weet hulle ouers dat hulle oukei is."

Rooies, wat op die stadium oorgenoeg van al die drama gehad het, vra of hy saam met Liesel hospitaal toe kan gaan om haar by te staan. Konstabel Steyn sê, dis reg, hy kan maar saam gaan. Liesel hop op een been saam met die konstabel na die polisiewa, dankbaar dat dinge nou na normaal gaan terugkeer. Rooies klim ook in en hulle ry na die klein plaaslike hospitaal in die dorp.

"Konstabel Ngobo, ek en jy gaan na die kleinhoewe ry en kyk wat daar aangaan." Sersant Nel wil sien of die amper, onmoontlike verhaal wat die kinders kwytgeraak het, waar is.

Gert en Conrad kyk na mekaar, elkeen se gedagte dieselfde: dit sal die laaste strooi wees in die avontuur indien hulle saam met die polisie die smokkelaars kan vastrek?

Gert maak keel skoon. "Sersant, kan ons asseblief saamry, ons kan julle presies wys waar die kleinhoewe is en ook die geheime vallei tussen die berge waar hulle bedrywig is?"

Sersant Nel huiwer 'n oomblik en dink dat dit dalk nie 'n slegte idee sal wees nie. "Goed, julle kan saamry."

Hulle klim in die sersant se polisiemotor en kies koers na die kleinhoewe.

Hoofstuk 20

Bruce hardloop gebukkend tussen die lang gras en digte plantegroei aan die onderpunt van die berg. Hy voel skuldig om die vier tieners alleen aan hulle genade oor te laat, maar hy het sy plig gedoen om hulle uit die vallei en kloue van Ben en sy bende te kry.

Hy kon nie waarborg dat die helikopter skielik bo hulle sal verskyn nie. Hy staan doodstil teen 'n boomstam en kyk hoe die helikopter neerdaal en die tieners ingeboender word. Daarna styg dit op en kies koers, seker na Neels se kleinhoewe.

Na 'n wyle bereik hy die staproete se pad. Hy volg die roete om uiteindelik by die vakansieoord, aan die voet van die berg, te kom. Sy deel van die vonds is nog in Neels se kelder, onder die stoor.

As hy sy vonds het, is hy welaf en kan verdwyn. Sy huur-woonstel in die nabygeleë dorp, kan hy net so los en padgee. Hy glimlag en sien homself op 'n slanke seilboot, blou branders en Suid See-eilande. Sy planne is lankal in plek. Hy het vroeër een van die chalets by die oord vir 'n onbepaalde tydperk gehuur.

Hy sluip tussen die chalets rond; dis doodstil; die meeste mense ontspan by die swembad of ontspanningsplekke. Sy wit *Hilux* is onder 'n boom geparkeer. Hy gooi sy rugsak agterop die bak en ry by die oord uit. Neels se kleinhoewe is sowat vyftig kilometer van die oord af en hy haas hom soontoe.

Bruce is bekommerd oor die feit dat hy nie weet waar Ben en die helikopter tans is nie. Hy moet by die stoor kom, sy deel goud kry en maak dat hy wegkom voordat hulle daar aankom. Hy spits sy ore en luister fyn of hy nie die helikopter kan hoor nie.

Hy draai in by die grondpad wat na die kleinhoewe lei. Die pad is stil en daar is nie verkeer op die pad nie, behalwe 'n trekker en sleepwa wat stadig aankruie en 'n groen en wit *Land Rover* wat bokspring oor die slegte grondpad.

Hy draai in by die kleinhoewe se hek. Niemand is in sig nie. Mooi, as hy vinnig speel, kan hy weg wees voordat Ben-hulle met die helikopter terugkeer.

Bruce frons, die deure van die stoor staan oop. Hy stap binne en kyk na die slot en grendel wat eenkant op die sement lê. Wat gaan aan, was hier 'n inbraak? Hy merk ook die gate wat in die area rondom die sloot geboor is en die elektriese boor en verlengingskoord wat naby lê.

Daar is nie tyd om te wonder nie, tyd is nou van belang. Hy draai die bakkie om en ry in trurat tot agter in die stoor. Hy klim uit en merk ook dat die ou *Land Rover* weg is. Iets vreemds is aan die gang, maar wat?

Hy verwyder die rommel wat die ingang na die kelder verbloem en klouter met die trappe af. Hy gee 'n sug van verligting; die trommels vol goud is nog alles in rye gepak. Die laaste besending wat Ben ingevlieg het, is ook opmekaar gestapel.

Vier van die trommels met korrels en fyn stukkies spoelgoud, is Bruce s'n. Hy dra dit na bo, en laai dit in sy bakkie. Die geluid van 'n naderende voertuig vul meteens die stilte in die stoor. Hy spring in sy bakkie, trek weg met skreeuende bande, maar moet skielik rem.

Bruce se hart sak in sy skoene en hy voel hoe die bloed uit sy gesig dreineer. Die ingang van die stoor is versper deur 'n polisiemotor wat voor die deure stilhou. Blou ligte flits-flits bo-op die voertuig se dak en twee polisiebeamptes klim uit, pistole in die hand.

Bruce weet hy is vas, sy droom is skielik aan skerwe. Hy skakel die bakkie se enjin af en klim uit. Die agterdeure van die polisiemotor swaai meteens oop en tot Bruce se verbasing, klim Gert en Conrad daaruit.

"Gert tree na vore en skree: "Dis Bruce, dis die man wat ons help ontsnap het."

Sersant Nel wonder vir 'n oomblik oor die situasie wat nou ontstaan het. Bruce het wel die tieners help ontsnap, maar hy is ook een van die delwers wat onwettig goud herwin het. Nel sal hom moet in hegtenis neem vir ondervraging en verklarings; die saak gaan groot en ingewikkeld raak; hy sal moet hulp en versterkings kry.

"Hoe beland julle twee hier en waar is Liesel en Rooies?" vra Bruce, terwyl konstabel Ngobo handboeie om sy polse druk.

Gert vertel wat met hulle gebeur het vandat die helikopter hulle opgepik het en na die stoor gebring het. Liesel is saam met Rooies na die naaste hospitaal en hulle ouers word ook in kennis gestel.

In die verte is die gekap van helikopterlemme hoorbaar.

"Dis Ben, hulle is hierheen op pad om nog toerusting, of die laaste goudvonds in te bring," sê Bruce.

"Goed, ons moet hulle verras. Konstabel, trek gou die kar in die stoor en maak die deure toe."

Die polisiemotor word in die stoor getrek en die skuifdeure word toegetrek. Sersant Nel en konstabel Ngobo neem stelling in agter die polisiemotor, terwyl Bruce, Gert en Rooies, agter in die stoor wegkruip. Die buisligte word ook afgeskakel, sodat die stoor donker is.

Ben laat die helikopter sak. Die lemme waai stofwolke in die lug en dan raak die wiele die grond. Die lemme draai stadiger en kom tot stilstand. Ben, Neels en Jakes, spring uit en begin om van die toerusting wat by die kamp opgelaai is, uit die helikopter te pak. Die laaste besending spoelgoud word ook uitgelaai.

Ben en Neels skuif die swaar skuifdeure oop en skakel die ligskakelaar aan.

"Staan doodstil, moenie beweeg of enigiets probeer nie!" Sersant Nel en die konstabel se vuurwapens is op Ben en Neels gerig.

Ben vries, hulle is onkant gevang. Hulle vuurwapens lê nog in die helikopter. Jakes, wat nog by die helikopter besig is, besef iets is verkeerd. Hy gryp sy haelgeweer en sluip versigtig nader.

Gert loer van agter Bruce se bakkie uit en merk dat Jakes nie in die stoor is nie. Jakes het altyd sy haelgeweer by hom en sal nie skroom om te skiet nie.

"Sersant, die ander man is nog buite, dis Jakes en hy is gewapen!" skree Gert.

Jakes beweeg om die stoor se deur en som die situasie op. Hy lig sy haelgeweer, maar kan nie blindelings skiet nie. Ben en Neels staan voor hom en hy kan hulle tref indien hy 'n skoot aftrek.

Sersant Nel beweeg om die polisiemotor, terwyl die konstabel vir Ben en Neels dophou.

"Laat val jou wapen!" skree Nel op Jakes wat nou binne die stoor is.

Jakes is verward, wat moet hy doen? Paniek pak hom beet en instinkmatig trek hy 'n skoot af. Die haelkorrels sprei en slaan vas teen die polisiemotor se sierrooster, tref 'n oorhoofse buislig dat fyn stukkies glas van bo af reën. Die tweede skoot versplinter die polisiemotor se voorruit met 'n harde knal, dan daal 'n stilte neer.

Jakes weet hy is vas, die geweer het net twee patrone en hy is nou weerloos. Hy gooi die geweer op die vloer neer en stap vorentoe met sy hande in die lug.

"Staan julle drie teen die muur," beveel Nel.

"Konstabel, hou hulle dop, as een beweeg, skiet, ek kry gou versterkings." Sersant Nel klim in die polisiemotor en kontak die volgende dorp vir versterkings.

Na sowat vyftien minute, is sirenes hoorbaar. Twee polisievoertuie, met vier gewapende beamptes, hou voor die stoor stil in 'n stofwolk. Ben, Neels, Jakes en Bruce word geboei en in die polisiemotors geboender.

Gert en Conrad ry saam met sersant Nel terug na die dorp.

"Sersant, wat gaan nou met Bruce gebeur? Hy het na alles ons gehelp om uit die mynkamp te ontsnap?"

"Die hof sal daaroor besluit. Sy vonnis behoort minder te wees. Hy sal nie vry kom nie, want hy was ook maar deel van die onwettige delwery en verhandel van goud."

Na 'n wyle, hou die polisiemotors stil voor die polisiekantoor op die dorp. Gert en Conrad spring uit en merk dat hulle ouers se motors voor die stasie staan. Liesel se ouers is by haar in die hospitaal en Rooies se ma is op pad.

Gert en Conrad se ouers kom uit die stasie gehardloop en omhels hulle seuns.

"Wat op aarde het julle aangevang, ons het gedink julle gaan op 'n onskuldige staptoer in die berge?" vra Gert se pa.

"Dis 'n baie lank en ingewikkelde storie, Pa," antwoord Gert met 'n glimlag.

"Is Liesel oukei, Ma? vra Gert bekommerd.

"Ja, ek het nou net met haar ma gepraat, die wonde het darem nie infeksie gekry nie, sy behoort vandag uit die hospitaal te kom."

Sersant Nel kom uitgestap. "Julle kan maar saam met julle ouers teruggaan huis toe. Ons sal in kontak bly om volledige verklarings by julle te kry."

Is die drama nou verby? Eindig die avontuur van 'n onskuldige staproete nou hier? Wat 'n antiklimaks.

Heelwat later is verklarings oor die gebeure van die afgelope tyd, deur die vier tieners afgelê. Die hofsaak van die vier gouddelwers word oor 'n paar maande behartig. Daar is baie ondergrondse

kontakte wat opgespoor moet word, sodat almal wat
betrokke was met die smokkelary, aan die pen kan ry.

Hoofstuk 21

Die kryger staan met sy arms uitgestrek, gee 'n lang gil wat teen die kranse weergalm en dan spring hy na benede. Die gil vervaag, 'n harde plons is hoorbaar en dan stilte. Die kryger wat hulle gelei het, is weg.

Hy tref die poel water met 'n harde slag en verdwyn onder die water. Hy swem soos 'n vis onder water en na 'n wyle verskyn sy kop weer bokant die water. Die maalgat moet hier iewers wees. Nog 'n ent verder hoor hy dit: die geruis van water en die ontsaglike suiggeluid van miljoene liters water wat in 'n maalgat verdwyn. Die stroom word vinniger, sterker en hy word meedoënloos meegesleur.

Die spiraal van die maalstroom trek hom nader en nader. Hy haal diep asem en verdwyn dan onder die water. Daar is nie bo of onder nie, soos 'n tol word hy ingesuig na onder, water bo, onder en langs hom.

Diep onder in die berg stort die maalstroom in 'n onderaardse meer van kristalhelder water. Die kryger se kop verskyn bokant die water en hy klim teen die kant uit. Nog net 'n klein entjie, dan is hy by sy bestemming.

Hy stap 'n ent langs die meer en vind die uitgeholde boomstomp wat teen die kant vasgemaak is. Hy sleep die stomp in die water en klim daarin. Die onderaardse rivier stroom sterk en die selfvervaardigde kano met die kryger daarop, word vinnig afgevoer,

Die rivier stroom stadiger en die kryger spring uit, trek die boomstomp uit op die wal en stap verder. Na 'n paar uur se stap, bereik hy uiteindelik die ronde opening.

Hy stap deur die opening en dan verskyn die stad in al sy glorie voor hom. Dit skitter soos goud in die ligstrale wat deur openinge, kilometers van die bopunt van die berg, instroom.

Opiri, die stad van goud; sy geboorteplek, blyplek, leefplek. Honderde inwoners kom hom tegemoet gehardloop. Die oudste is terug!

Later sit hy in die raadsaal en vertel sy verhaal van hoe hy die vyf vreemdelinge vanaf die ou stad, deur die berge na vryheid gehelp het.

Die kinders luister oopmond na sy verhaal en kan nooit genoeg kry van sy stories nie. Vir hulle is dit altyd interessant om te hoor van die ou stad.

Hy skuif rond op sy gunsteling houtstoel en begin: "Ons voorvaders het baie lank gelede hulle hier in die vallei, agter die berge kom vestig. Die stad is gebou uit klip, elke steen is met die hand gekap. Dit was vreedsaam en rustig. Daar was genoeg water, diere en kos vir almal."

Die kryger sug, skuif rond op sy stoel en gaan verder. "Die groot vuur onder die berge het ons skielik oorval. Dis was nag, alles was rustig totdat die gedreun ons wakker gemaak het. Ons het uit ons wonings gestorm en na die lug gekyk. Die ondergrondse vuur het bokant die berg uitgeblaas; rook, vlamme, brandende klippe en as. Ons het die berg ingevlug. Die as van die vuur het soos reën op ons stad neergeval en alles bedek. Die meeste mense het omgekom van die as en hitte van die vuur."

"Wat gebeur toe verder?" vra een nuuskierige.

"Ons was net 'n paar mans en vrouens wat kon ontsnap. Ons het vir lank in grotte gebly totdat die vuur opgehou het. Ons het teruggekeer na die stad; alles was bedek met as. Ons kon nie daar bly nie en moes 'n ander heenkome vind."

"Ek het geweet van die tonnel wat deur die berg na buite gaan. Ons klomp oorlewendes het die gevaarlike tog aangepak. Dit was deur die berg, verby die kokende poel vuur wat nou bedaar het en uiteindelik bo die berg geëindig het."

Die kryger sug diep en staar in die verte na die glimmende geboue om hom. "Ons het later die blinkende metaal ontdek en dit uitgekap. Deur dit te smelt, was ons verbaas om te sien hoe blink dit. Baie mans is ook dood toe van die rotse en grond ingeval het."

"Op 'n dag het ons op die plek afgekom waar ons nou gevestig is. Dit was ideaal. 'n Groot, versteekte, onderaardse opening diep onder die berge, veilig en weg van alle gevaar. Met baie tyd wat verloop het, het ons bewus geword van bedrywighede rondom ons. Vreemde nasies, met allerhande onbekende dinge, wat gate kan maak en raas en lawaai. Maar ons was veilig hier diep onder die berge."

"Nou, waar het oudste dan die vreemdelinge opgemerk en hulle deur die berge gelei?" vra nog een nuuskierige.

"Ek gaan so nou en dan terug na die ou stad deur die geheime tonnel. Ek het lankal bewus geword van vreemdelinge se bedrywighede onder in die vallei. Op 'n dag het die vier jongmense en 'n man hier by die murasie van die ou stad opgedaag. Ek wou hulle help, hulle was in nood en wou uit die vallei kom."

Die kryger raak skielik stil en sluit sy oë. "My werk is nou afgehandel ek moet na die gode en rusplek keer."

Sy stem raak sagter en sagter. Meteens val hy van die stoel af en rol op die grond. Die kryger het sy laaste asem uitgeblaas.

Die gille van die kinders en dié rondom hom, weergalm teen die geboue en sterf dan stadig weg tot 'n doodse stilte.

Diep onder die berg, begin trillings te weerklink. Die poel van kokende vuur en klip borrel en prut en skiet vlamme en gesmelte klip meters hoog in die lug en dan skielik word miljoene ton opgeboude energie losgelaat. Die berg bars oop en alles in die omgewing word verswelg.

Die vallei tussen die berge is vir ewig uitgewis. Die staproete is deur die owerhede gesluit en die paadjie deur die bos het met tyd toegegroei.

Opskrif in die oggendkoerante en hoofnuus:
Uiters rare en ongekende vulkaniese uitbarsting in berg laat wetenskaplikes kopkrap ...